# 开放水域
## OPEN WATER

北京联合出版公司

[英] 凯莱布·阿祖马·纳尔逊 著　　洪世民 译

雅众文化 出品

给 Es

# 楔 子

理发店安静得出奇,只有推子呆板的声响,唧唧、唧唧地修剪柔软的头发。理发师看到你凝视着镜子里的她,也看到镜子里她眼中的什么。他停下来,转向你。开口说话时,他的忧虑像茂密美丽的树根,高兴地跳着舞。

"你们两个有瓜葛。我不晓得是什么瓜葛,但你们两个有瓜葛。有人称之为关系,有人称之为友谊,有人称之为情愫,总之你们两个,你们两个有瓜葛。"

那时你们相视良久,睁大的眼流露诧异,从你们相遇,就时时令你惊讶的那种诧异。你们两个,就像纠结的耳机线,卷入这"瓜葛"里。幸福的意外。混乱的奇迹。

有一瞬间你看不清她的眼眸,你的呼吸急促起来,就像一通中断的长途电话意外地变得无比重要。你很快就会明白,那份爱令你烦恼,也让你变得美好。爱让你成为黑人,因为在她面前,你可以尽情挥洒色彩。那不足为虑,那值得欢喜!你可以做自己。

后来,漫步幽暗中,你不知所措。你叫她不要看着你,因为当你们目光交会,你会忍不住从实招来。还记得鲍德温[1]说的吗？我只想当个诚实的男人，和一个好作家。嗯。诚实的男人。此时此刻，你很诚实。

你是来这里谈谈，爱你最好的朋友具有何种意义。试问：如果 flexing[2] 能以最少的言语表达最多事情，有比爱更好的 flexing 吗？无处可躲，无路可逃。直接的凝视。

凝视不需言语，那是诚实的交流。

你是来这里聊聊羞耻，以及羞耻和欲望的关系。开诚布公地说"我想要这个"，应不足为耻。不知道自己想要什么，应也不足为耻。

你是来这里问她，她记不记得那个吻有多急切？幽暗中，缱绻在她的外套里。没有言语。诚实的交流。你的眼中，只有她熟悉的轮廓。你聆听她和缓、沉稳的呼吸，顿时了解自己想要什么。

这很怪，渴求你最好的朋友，很怪。两双手徘徊游移，越了界线，请求原谅而非许可。"这样没关系吗？"这话过了一会儿才说。

有时，你们会在幽暗中哭泣。

---

[1] 詹姆斯·亚瑟·鲍德温（James Arthur Baldwin，1924—1987），美国黑人作家和社会活动家，不少作品关注二十世纪中叶美国的种族问题和性解放运动。代表作有小说《去山巅呼喊》（*Go Tell It on The Mountain*）等。
[2] 街舞的一种，又名 bone breaking，可译为"骨折舞"，发源自纽约街头，为一个小时候经常骨折的牙买加男生所创。

# 1

相遇的那一晚，你俩都觉得太短促而称不上邂逅。那一晚，你把朋友塞缪尔拉到一旁。在伦敦东南区这家酒吧的地下室，你们有一票人。那是场庆生会。多数人来这里是为了喝个烂醉，或嬉闹一番，端看他们偏爱哪一种。

"怎样？"

"我平常不会这么做的。"

"意思是你以前做过。"

"绝对没有，我保证，我发誓。"你这么说，"但我需要你介绍我认识你的朋友。"

你想说，在那一刹那，转唱片的老先生已经让某首歌，比如柯蒂斯·梅菲尔德[1]的《继续向前》迅速淡出，接上另一首差不多的。你想说是艾斯礼兄弟合唱团[2]的《反抗权威》，在你表达你并未充分理解，但知道必须依此行动的渴望时播放。你想说，在你身后，舞池升起，年轻人纷纷挪移过去，

---

[1] 柯蒂斯·梅菲尔德（Curtis Mayfield，1942—1999），非裔美国创作歌手、吉他手和唱片制作人，亦参与民权运动。《继续向前》原名"Move On Up"。
[2] 艾斯礼兄弟合唱团（The Isley Brothers），美国俄亥俄州辛辛那提的音乐团体。《反抗权威》原名"Fight the Power"。

仿佛现在是八〇年代——那个年代,以这种方式挪移,是唯独熟客才有的少许自由。而自你有印象以来,这件事你完全可以做主。但你答应要诚实的。事实是,这名女子让你惊为天人,让你先伸出手,握了她的手,再张开双臂,准备给她一个稀松平常的、大大的拥抱,结果却尴尬地挥动着手臂。

"嗨。"你说。

"哈啰。"

她微微一笑。你不知该说什么。你想填补空白,但事与愿违。你们站在那里,默然对望,这沉默,倒不会让你不自在。你觉得她的表情反映着你的表情——好奇的表情。

"两位都是艺术家。"塞缪尔这么说。挺有帮助地插话。"她是很有天分的舞者。"她摇摇头。"你呢?"她说,"你是做什么的?"

"他是摄影师。"

"摄影师?"那名女子重复一遍。

"我偶尔会拍拍照。"

"听起来是摄影师没错。"

"偶尔拍拍,偶尔拍拍。"

"扭捏。"腼腆,你这么想。你跳出对话,就只是望着,她也跟着把视线瞥过来。一道红光划过她的脸,而你瞥见了什么,像是她开朗的脸孔流露了亲切,她目光望着你的双手说话。那是你熟悉的语言,显然来自河流以南[1]。显然来自你更可能称为家乡的地方。这些是你俩都知悉、都用生命诉说

---

[1] 河流指泰晤士河,伦敦黑人人口集中在泰晤士河以南的三个大区。

的事情，只是在这里没有说出口。

"你们要来一杯吗？我请你们喝一杯？"你转头，对话开始后第一次注意到塞缪尔存在。他已退了几步，有点儿消沉；他挂着微笑，但他的身体透露他觉得自己被阻绝在外。内疚犹如针刺，你试着欢迎他回来。

"你们想喝点东西吗？"

那名女子诚挚地眉开眼笑，兴味盎然，就在这时，有人按住你的手肘。你被拉走了，有人需要你。舞池已清出一点空间，一阵寂静，充塞着山雨欲来的气息。那儿摆了蛋糕和蜡烛，以及试着为"生日快乐"营造的和谐。你让原本挂在肩膀晃啊晃的相机滑到手上，镜头对准寿尼娜，盯着她许愿，蛋糕上孤零零的蜡烛宛如一抹微小的阳光。当人潮开始散去，你又被拉往四面八方。身为现场唯一的摄影师，记录是你的责任。

音乐再次响起，人们三五成群，摆好姿势，让你对焦在幽暗中隐约浮现的亲切脸庞。转唱片的老先生继续照他想要的速度转。伊德里斯·穆罕默德[1]的《这不就是天堂吗》很适合此情此景。

脱离人潮，你站在吧台前，一连朝好几个方向引颈而望。你再次搜寻那名女子的踪影，而那天晚上，那个你们都觉得太短促、称不上邂逅的一晚，你明白她已离开。

---

[1] 伊德里斯·穆罕默德（Idris Muhammad，1939—2014），美国爵士乐手。《这不就是天堂吗》原名"Could Heaven Ever Be Like This"。

# 2

那时是冬季。是暖冬——你遇见她的那一晚,错估了从车站到酒吧的距离,只穿你身上那件衬衫走了半小时,抵达酒吧时感觉额头冒汗,有点难为情——但冬天就是冬天。冬天是不适合热恋的季节。在夏夜遇见某人就像赋予死灰新生。你可能跟这个人在外流连,暂时逃离关住你的热烘烘的房间。你可能会接受对方递来的香烟,眯着眼任尼古丁搔刮你的脑,再把烟吐进伦敦夜晚的闷热中。你可能仰望天际,突然发现那湛蓝在这几个月并没有变得更深。反观冬天,你会甘愿弹一弹烟灰,打道回府。

你对你弟提到那名女子。他也去了那场庆生会。你汲取你对那晚的记忆,为他塑造一个形象,就像把几段动人旋律交织成一首新歌。

"等等——我好像没看到她?"

"她很高。蛮高的。"

"哦。"

"一身黑。戴贝雷帽,有编发辫。酷毙了。"

"哦,毫无印象。"

"吧台像这样。"你用双臂摆出 L 形,"我站在这儿。"

你一边说，一边指了指L的拐角。

"停。"

"嗯?"你有点恼火了。

"如果我告诉你那天晚上我醉得不省人事，什么也记不得，能不能让你停止呢?"

"你很没用。"

"不,我只是喝醉了——烂醉。所以后来发生什么事了?"

"你什么意思?"

你们坐在家中客厅，双手抚着咖啡杯。唱盘上的针轻轻刮着黑胶唱片尽头的塑胶，有节奏地砰、砰、砰、砰，如沉思的脉搏。

"你遇见一生至爱——"

"我可没这么说。"

"'就在那场庆生会，我感觉到，感觉到她的存在，当我望去，这个女孩，不，这个女人，就在那里，让我窒息。'"

"你闭嘴。"你说，扑通一声倒回沙发。

"要是你再也见不到她呢?"

"那我就发誓一辈子不娶，隐居山林。还有下辈子。"

"这么绝。"

"那你会怎么办?"

他耸耸肩，站起来帮唱片翻面。刮擦稳定了，像指甲刮着皮肤。

"事情没那么单纯。"你说。

"怎么说?"

你盯着天花板。"她在和塞缪尔交往。是他介绍我们认识的。"

"哦?"

"我们讲话以后我才发现。我觉得他们没有在一起多久。"

"你确定吗?"

"我认为是这样。我看到他们在吧台角落接吻。"

弗雷迪大笑,举起双手。

"哦,老哥啊,我不是在评断你,但事情没有那么直截了当的。话说回来,你说不定想——"他用手指模拟剪刀的动作。

人要怎么甩掉欲望呢?让它出声就是播下种子,知道它无论如何一定会生长。承认世上有超出你理解范围的事物,就是屈服于它。

但就算那颗种子发芽生长了,就算那躯体活着、呼吸着、欣欣向荣,也不保证会有交互作用。不保证你会再见到他们。所以,大家争相在夏日热恋。就算你们在某个无尽的夜离开彼此,就算你们就此分道扬镳,就算你只能带着亲密的回忆独自入眠,仍会有一丝夏意悄悄爬过你窗帘的缝隙。明天白昼还是一样长,夜晚也是如此。明天室内还是一样热,还是会有没什么东西吃但有很多酒喝的烤肉野餐。会有另一个陌生人在幽暗中对着你笑,或在花园另一头望着你;会趁你们听酒醉玩笑笑得前俯后仰时碰触你的臂膀;会气喘吁吁撞门跌入,紧抓着一团团的肉,或默不作声试着找到不是你自己家里的厕所。若是冬天,多数时候,你根本迈不出家门。

此外,有时候,要消除欲望,不如让事情开花结果。去充分感受它，让它冷不防逮住你，紧抓痛苦不放。相信自己正朝着爱迈进，不是再好不过吗？

# 3

在你以为不会再失去什么的那年夏天,你失去了你的外婆。还没接到消息你就知道了。不是远方雷声像辘辘饥肠那般轰隆作响;不是天空灰到你担心阳光再也无法照耀;不是你母亲绷紧的语调,叫你在她到家之前不要离开。你就是知道。

你回到一段不同时空的记忆。你坐在加纳的大院后头,时近黄昏,热的余烬仍让你冒汗。外婆坐在摇摇晃晃的木凳上,剁着晚餐要用的食材,而你会告诉她你在酒吧遇到了一个陌生人,还没见到人,你就知道了。外婆会微笑,暗自窃笑,不露欣喜,鼓励你继续说。你会告诉她这名女子瘦瘦的,但很高,举止合宜,不蓄意恫吓、不故作温柔,看上去自信可靠。她和颜悦色,不介意你搂抱她。

还有呢?外婆会问。

嗯。你会告诉外婆,当你和陌生女子互相自我介绍,你们对自己在做的事、自己热爱的事,都很低调。听到这个细节,外婆顿了一下。为什么?她会问。你不晓得。或许是因为你们两个都在那一年失去过很多,而虽然你一再告诉自己你不能再失去更多了,这种事还是继续发生。

所以？暗处是找不到安慰的，外婆会说。

我知道，我知道。我觉得我们两个都不认为那算什么邂逅。太短促了。当时有太多事情要进行。时机不对。

外婆会放下刀子，说，时机总是不对。

你会叹口气，凝望天空，它丝毫没有变暗的迹象。你会说，我猜那天晚上、那间屋子里有些什么，一直到遇见她才感觉到。现在回想，我就是不可能无视。

当你播下一颗种子，它会生长。无论如何，它一定会生长。

嗯。我也这么想。我就……我遇到她，而她并不陌生。我知道我们碰过面。我知道我们会再相遇。

你怎么知道？

就是知道。

而在这里，一段不同时空的记忆，你愿相信外婆满意你的答复。她会露出那抹含蓄、不自然的微笑，再一次窃笑起来。

# 4

二〇一七年结束前两天,你和那名女子约在一家酒吧碰面。地点是你提的,但你迟到了。只迟到一两分钟,但迟到就是迟到。你道歉,她似乎不以为意。你们抱了一下,而言语在你们爬了一段阶梯、搭上手扶梯时自然涌出。你还有点儿喘,有点儿冒汗,但就算她察觉到,也什么都没说,嘴巴没说,眼珠也没有溜转。

你们安顿下来,坐在一张由两半组成的绿色毛毡沙发上。你们像两个老朋友,话题跳来跳去,你们马上熟悉对方的语言,并从中找到安慰。你们为自己打造了一个小小世界,只属于你俩的世界,坐在这张沙发上,望着外面这个连最生意盎然的种种也要吞没的世界。

"上次碰面的时候,你说你是摄影师。"她说。

"不是,是有人'告诉你'我是摄影师,那种说法令我不自在。"你说。

"为什么?"

"你被称为舞者的时候不也一样?"

"你没回答我的问题。"

"我不知道,"你说,"不过,我是有在拍照。"窗外,皮卡迪利大道上熙来攘往。一个男人使劲吹着风笛,声音向你飘来。星期五晚上,这城市在发狂边缘,不知该拿自己怎么办。

"我猜,"你开始说,"我猜啊,就像知道你在做什么,所以想要保护那个事实?我知道我是摄影师,但如果别人说我是摄影师,事情就变了,因为他们想象的我和我想象的自己不一样……抱歉我扯太多了。"

"我明白你的意思。但为什么别人对你的想象会改变你对自己的看法呢?"

"不应该这样。"

"你很擅长不回答问题啊。"

"是吗?我不是故意的。"

"逗你的啦。"她说。的确,那抹面向你的微笑轻盈而挑逗。

"这样说吧——"你顿了一下,对自己皱了皱眉,寻找适当的说法,"你没办法活在真空里,而一旦让别人进入,便容易受到攻击,别人就能对你产生影响。这样说得通吗?"

"说得通。"

"那你呢?跳舞的事?"

"嗯,也许以后说。我们一直岔题呢。"

"是啊。"

"我有个想法,看你觉得怎么样。我想记录人,黑人。我觉得记录、建档很重要。但正如我所说,我对摄影一无所知,要是你能加入就太好了,要是能一起合作就太好了。"

"呃……"你让沉默持续蔓延,"我,呃,不要,我不想做这样的事。"

"哦?"这不像疑问,比较像不由自主发出的声音。她沉入沙发,拿外套遮住全身,而你看着,那就像盖住熟睡身子的羽绒被,起起,伏伏。

"嘿。"你说。额头露了出来,接着是一对坚毅的眉毛,一双小心戒备的眼睛。你看着她与内心的不适搏斗。

"我开玩笑的啦。我会做,我想做。"

搏斗持续,而她脸色一变——那是出于不情愿的感谢。你也爱闹,她棋逢对手。

"我恨你,恨死你了。"她看看时间。你们在这里已经坐了快两个钟头。

"我们该来一杯吗?庆祝这个新……合作关系?我想喝点东西。"

你很高兴她问了。

你们从夹层回到酒吧一楼。夜落在你们后面,怎么也追不上。一对碗状玻璃杯装了半满,端放在你面前的桌子上。那不是你第一杯酒,也不是第二杯或第三杯。你有点头晕目眩,试着理解此刻发生的一切。你失去大半喜悦,因为你得原封不动留住这一切,所以你努力压抑心底要求厘清的声音,又啜了一口。这不打紧,你想,感觉挺好。她从洗手间回来,故意朝你迈开大步。从莱斯特广场反射的光,在玻璃杯上跳着舞。她伸出手,指尖划过窗子,仿佛光是可以留住的东西。而她一边划,一边改变平衡,头慢慢放低,搁在你的腿上，度过温柔的一刻。而她来了又走，咯咯笑着起身，伸手攫取那优雅的光华。

那一晚，也是你第一次看到在她喝酒时驻足眼中那道慵懒、透明的光泽。沾了酸酒的嘴唇吐露悦耳的话语，抹在酒杯边缘的盐，栖息在舌尖。

后来你们去了莱斯特广场旁边的昔客堡[1]。你们站在队伍里，像两张纸片迎风摇摆。你出食物的钱——她买最后一轮的饮料——然后蜷缩在一对高脚椅上。她点了加辣的汉堡和芝士薯条，她吃不完，坚持你要吃光（她讨厌浪费食物）。没吃几口，她便解开一副缠结的白色耳机，给你一边，修长手指在手机屏幕上跳舞，搜寻音乐。现在让我们问问一般大众：那天晚上有谁去了昔客堡？有人看到或听到两个陌生人为彼此演绎真心吗？他们拍子打得稳吗？他们有没有以肯德里克[2]想要的活力，驾驭他注入爵士元素的杰作？

回伦敦东南区的路上，虽然是小小的开心，但开心就是开心。你们一路弹弹跳跳，穿过伦敦漆黑的下腹部。吵、黑、热，宛如地狱。你剥掉几层衣服，像一只手撕开柔软的果肉。在你身边，她又在解耳机线的平结。无声的啵的一下，解开了，她把一边塞进她的耳朵，另一边塞进你的。垂下的

---

1　昔客堡（Shake Shack），连锁汉堡店。
2　肯德里克·拉马尔（Kendrick Lamar, 1987—），美国说唱歌手。

耳机线把两人系在一起,进一步缩短两人的距离。

"你最喜欢哪首歌?"她问。地下刚好有地铁列车经过,她得再靠过来一点,你才听得到她说什么。

地上,你们演来演去,乐此不疲。当她告诉你她去了你提到的那场演唱会,你走开一会儿又回来,假装生气,但确实嫉妒。你们不停说话,又快又急,一边迂回穿过不平整的卵石路往河堤[1]去。

"我最好的朋友有两张票,答应可以给我一张——"

"可是——"

"可是前一天,他大概是这样说,我刚认识一个女孩……"

"啊。如果这样说可以让你好过一点——他真的很会演。"

"谢谢哦。"

"你好像真的很不爽。"她说,嘴角失守,止不住笑意。

"是很不爽。"于是她仔细听你细述以赛亚·拉沙德[2]的首张大碟有多重要,听你洋洋洒洒列举他的影响,兴奋到上气不接下气地剖析他的音乐风格。

"他就像以杰迪拉[3]的方式表演的流浪者[4],还点缀少许吉尔[5]的特色、艾斯礼兄弟的灵魂,他的音乐充满灵魂,你真

---

[1] 河堤,指伦敦地铁河堤站。

[2] 以赛亚·拉沙德(Isaiah Rashad, 1991—),美国说唱歌手。

[3] 杰迪拉(J Dilla,本名 James Dewitt Yancey, 1974—2006),美国唱片制作人和说唱歌手。

[4] 流浪者(OutKast),由 André 3000 和 Big Boi 组成的嘻哈双人组合。

[5] 指吉尔·斯科特-赫伦(Gil Scott-Heron, 1949—2011),美国说唱音乐教父、音乐家和作家。

的感受得到……吧？怎么了？"

"没什么？"

她露齿而笑，你跟着她进入验票闸门。

你没告诉她，那张唱片简直是你前一年夏天的配乐。你没告诉她，你反复唱着《布伦达》[1]，拉沙德写给祖母的颂歌，唱到你知道贝斯什么时候会滑进吉他和弦里，小喇叭什么时候会独奏和残响，旋律什么时候会中断——稍微停顿，让音乐从紧绷的节奏挣脱出来。你没告诉她，你就是在那里，在那稍微的停顿中才能喘息，你甚至没察觉自己一直在憋气，但事实如此。那一瞬间，你呼了口气，一抹悲伤的微笑在脸上延展，接着继续努力抑制自己的失落。

地下，你浏览曲目表，没点《布伦达》，而是指着《绳索／玫瑰金》。她点点头，表示赞赏。

"我最喜欢《公园》。很厉害的歌。"她先点了你的最爱，锁定手机屏幕，把音量调到最高。歌词你们都熟。充满灵魂。一对黑人伴侣兴味盎然地注视着，看你们这一对为短短的车程播放说唱歌曲。从河堤到维多利亚。值得播一首歌。你让它值得，跟着车厢摇来摆去，抓住节奏音律，稳稳打着拍子。虽然是小小的开心，但开心就是开心。

你觉得你们从来就不陌生。你们不想离开彼此，因为离开就是让事物以目前的状态死去，而你们，你们之间有什么，是双方都不愿放手的。

---

[1] 《布伦达》("Brenda")，以及后文的《绳索／玫瑰金》("Rope/Rosegold")、《公园》("Park")，都是以赛亚·拉沙德的歌曲。

她家阳台外的景观：伦敦闪闪发光的天空。你觉得在这里很舒服。像在家里一样自在。

"喝茶吗？"她在厨房里问。

你点点头，穿过客厅，触摸玻璃。仿佛光是你抓得住的东西，仿佛这是一幅你可以碰触的画。她悄悄出现在你身边。

"你住这里多久了？真叫人嫉妒。"

"两年。还行吧？"她拿给你一只马克杯，示意要你去沙发。你俩坐在两侧，屈膝抱胸，小心不要逾越坐垫的中线；但你俩都知道有什么已经打开了，就像挤压茶包，凝视杯中，看茶叶在沸水里纷纷散开。

"你妈妈很好玩。"你说。

"她平常对陌生人没那么友善的。"她说，慢慢挪动双腿，栖于你身旁的空间。她闭上眼，深深打了一个哈欠，延续了沉默。那是会传染的，当你接过棒子，加入这场只有睡眠会赢的赛跑，她笑了。她的手机嗡嗡响。她发出一个声音，你不解其意。

"你还好吗？"

"我想塞缪尔要过来了。"

"啊，好，好。"面对现实，"我该走了。"

"不用，没关系，你至少该把茶喝完——"

"我不想打扰——"

门铃响了。

门开了又关，一阵笨手笨脚的脱鞋声后，塞缪尔走进客厅。你们三人在伦敦东南区那家酒吧地下室碰头的那一晚重回脑海：你非得认识那名女子不可，你对她如此坚持。今晚的会面是塞缪尔安排的；他女友问他有没有认识的摄影师，而他第一个想到你，但这会儿你凝视着塞缪尔，羞愧浓得化不开。他故作惊讶。"哦，嗨。"

"嗨。"你说。

"听说你们聊得很愉快。"

"对，对，还不赖。"

"我想也是。"塞缪尔说。他走向他的女友，很快轻吻她一下。"我去泡杯茶。"

你转向她。"那我走了。"

"我送你下楼。"她说。塞缪尔从厨房看着你看着她，你们小心不要越界，但你们都知道有什么已经打开了。你深深推入土壤的种子，在错的季节开花了。你想到如果有人问起，你要怎么说这个故事，因为一定会有人问。你不知道"感觉挺好"够不够充分，不知道拿"什么也没发生"做辩护够不够充分。

凌晨了。她披上大件绿色外套，陪你走下楼梯。夜晚和她的拥抱一样温暖，而当你们分开，她问：

"会发信息给我吗？"

"当然会。"

# 5

你说:

天空恍若炸开,地上积了白灰。那只狗从没见过雪。它一下在结冰的平面跳来跳去,一下静止不动——除了后腿微微颤抖。你的外婆到你出生那年才第一次见到雪,那时她正等着你到来,而那些纤柔的雪片在狂风中掉落,在地上聚集。她跪下来,开始祈祷,为她自己、她的女儿和还没出生的孙儿祈祷。同一天,你的母亲坐在巴士上层,遇到一个男人挥枪,吓得蜷起身来,所幸毫发无伤。你没信教,但每当听到这样的故事,都让你想信教。你想象外婆满腔热忱,为你尚未成形的身体、还在孕育的精神祷告。现在她的身体正在散裂,或已经散裂,但她的精神无所不在。你不知道以后会不会回去看她的安息之处,但这一次,你提不起勇气。你没信教,但当你的双亲踏上返回加纳的回乡旅程,你为他们祈祷。你跪在硬木地板上,出于自愿地拜倒,任那只狗不断轻推你的背。那只狗从没见过雪。头顶那片天空没有云朵,没有形状,无所谓细节。你看过下雪后的夜空吗?泛着橘霞,光卡在某个地方。让你想要伸手触摸,所以有时,你会祈祷。如果祈祷大多是发自内心的愿望,那你会祈求她一路平安。

她说：

这里没有人听到她轻轻踩过金粉。海洋温暖的急流。只需要离开。只需要一点心灵平静。只需要呼吸。这里的天空也万里无云。热浪来袭的蓝。盛夏在一月。时间的运作真好笑。

把自己拉到每一条能到这里的线段上。靠自己画这条线，从她到他——她的父亲——只为了靠近。不，这条线从以前就在，现在仍在，永远都在，她只是试着巩固，试着加强。血与骨会远渡重洋，跨越大陆和边界。什么叫联结？什么叫断裂？什么叫崩裂？太难，太难。语言有负于我们，尤其是他没开口的时候。而那种时候多的是。所以她把手伸进时间的口袋，那里面什么都没有，只有热浪来袭的蓝，一月的盛夏，卡在趾缝的金粉，宁静水域的咆哮。

另外，谢谢你。她很感激。

你说：

想到一件艺术品，唐纳德·罗德尼[1]的《在我父亲的屋子里》。那是一张照片：一只黑皮肤的手，掌心朝上、掌纹交错。掌心中央有间小屋子，结构松散，用几根针组合起来。你脑海常浮现这样的画面，或类似的东西，而你很清楚，你背负着你父亲的屋子，而这意味着你也背负着他背负的屋子，

---

[1] 唐纳德·罗德尼（Donald Rodney, 1961—1998），英国艺术家，常从大众媒体、艺术和流行文化中取材，探讨种族认同和种族主义议题。《在我父亲的屋子里》原名"In the House of My Father"。

你父亲的父亲的屋子，所以这位艺术家也是如此。你的直觉反应是把手握成拳头，把那东西捏碎，让重担飘落到地上，散逸。但也许有必要撬开屋门，搜索灯亮着的房间，也把灯没亮的房间扫视一遍，看看还有什么没看到的，然后离开这个地方，心平气和，让他的安详、你的平静，完好如初。

你明白得靠自己画那条线是什么意思，你明白让盛怒融化是什么意思，特别是看到父亲对他自己开的玩笑大笑到泪流不止的时候。你明白发现自己泪流不止是什么意思。猝不及防。几年前的事。你得拐进一条漆黑的巷子哭泣。回忆如海上拖船般涌现，关于那个男人的记忆，那个觉得爱不必然等于关心的男人。你哭着，就像那次他把你留在店里、不再回来那样哭。哭到嘶哑，哭到虚脱，哭得像小宝宝找爸爸。多讽刺。真的，什么叫联结？什么叫断裂？什么叫崩裂？在什么条件下，无条件的爱会无以为继？答案是：你永远、永远都会呼喊父亲。

你无条件爱着的人，你不见得喜欢。语言有负于我们，一如以往。语言啊，靠不住的东西。而一旦面对由衷的感激，一切都会张皇失措，即使一句"谢谢你"也无法言尽，但你也要回她一句"谢谢你"。

她说：

语言有负于我们，有时我们的爸妈也是。我们全都有负于彼此，有时轻，有时重，但听好，相爱的时候，我们彼此信任，而一旦辜负信任，我们便破坏了联结。她不希望联结就此崩裂，也许那不可能，但她并不想弄个明白。她也没信教，但她知道她想要什么。

　　她盼望回家，回到熟悉的地方，连贯与清晰可能露脸的地方。

# 6

"吃过了吗?"

"还没。"

"我来订。中式?印度?泰式?加勒比?"你问。

"要是你点加勒比,恐怕永远吃不到。中式如何?"

"中国菜向来万无一失。"你说。

你已经把电话塞到耳朵和肩膀之间,超市购物篮挂在另一只胳臂上晃来晃去。

"你想要什么?外卖的。"你追问。

"菜单传给我。其实只要有鸡肉都好,或是排骨,排骨好了,麻烦你。"

"没问题。待会儿见。"

回到家,在你的厨房里,你把袋子打开,里面都是你知道她喜欢但平常不会囤的东西:甜辣薯片、豆浆、格雷伯爵茶包。今天你们只是要看看上礼拜拍的样片,因为那是你们合作的摄影项目,但你希望她觉得舒服,像在家一样自在。

你家太安静了,或者说,它大声宣告这里没有别人。你爸妈还在加纳,庆祝外祖父的生日。你弟已经回大学去了。你一个人在家。在这种高密度的家,寂静是你平常渴望的东西，但就是缺了什么。每一次你去她家里，都可以保证那只携带式喇叭会不断把音乐传遍房间。播什么好？播什么可以证明你没有想太多？或许你想都没想过，但现在来不及了。

敲门声传来，门外是一个矮胖、正在微笑的男人，拿着有油污的褐色纸袋。当外送员离开，她正匆忙绕过你家坐落的街角，穿过大门。

"抱歉，抱歉。"你们在你家的门阶上拥抱，当你们分开，她说："我可以说句实话吗？"

"可以啊。"

"我没有借口，我就是迟到了，发懒。"

"没关系。进来吧。"

她认识环境的方式像旅人勘察新土地。你看着她的眼睛扫过挂在走廊的相片，研判哪张通往哪里，迅速掌握方向。

"就你和你爸妈住吗？"

"还有我弟。他念大学，假日会回来……其实是想回来就回来。"

"差几岁啊，你和这位？"她指着一张你和他的合照。你们勾肩搭背、笑容满面，是在前一年一场婚礼上拍的。

"五岁。"你边说边点点头。某些日子，比如今天，他打电话来取笑你，说她要过来了，温和的嘲弄会变成来回的玩笑，但绝不尖锐，还不时穿插着与你们庞大身躯不相称的咯咯傻笑；在某些日子，比如今天，距离则近而轻松。这就是你的弟弟、死党、顽强对手、温柔男子。其他日子，比如今天，在同一通电话里，笑声乍停，你听得到他喘不过气，听得到他体内想冒出的恐慌，听得到泪水，而他请你帮帮他、照顾他。这在过去不成问题,永远不成问题,这件事你已经做了好多年,尤其是你们父亲的爱有负于你们,你们的父亲,肉体或心灵离你们好远的时候,责任就落到你肩上,而一个孩子要同时照顾自己和别人,太难、太难,不是自己被忽视,就是他人。于是在其他日子,比如今天,你会想起距离遥远与其艰辛。这就是你的弟弟,你照顾的人,你的责任,你的儿子。

"你和你妈简直是同一个模子刻出来。"她说,凝视一张你父亲的照片,但什么也没问,所以你什么也没说。

她继续放肆地勘测她的路线,走进厨房把水壶注满。

"喝茶?"

"该这么说的人是我吧?"

"哎呀,反正我人都在这儿了。"她开了一个橱柜看,又开了另一个,找到格雷伯爵茶包。她发现你在笑。

"怎么了?"

你摇摇头。"之后你要去哪里?"

"回我母校去。有好一段路。"

"你在搞校友会?和小朋友讲话?"

她笑了。"差不多。加牛奶?"

"不用,谢谢。"你说,打开冰箱,把那盒豆浆递给她,"去年我做过类似的事。"

"你在哪儿上学?"

"在达利奇[1]。"

---

[1] 达利奇(Dulwich),英国伦敦南部的一个高级村庄型住宅区。

她停止动作。"你上的那所学校?"

"不是那所,是附近的一所。同一个基金会。差不多同一群人。同样的收费。"

"怎么会去那里?我有点好奇了。"

命中注定,殊途同归。你不喜欢那所比较大的男子学校,那里的地面不规则蔓延,还萦绕着一股你可能认为是隐性偏见的不适感。但回家路上,换条路走,避开道路施工,你会瞥见另一所比较小的男女合校。小在这里是相对的:你也看不到校园延伸到多远,但从庞大的红砖主建筑物前方完美无瑕的草坪判断,这校园之大,不是青少年的你所能理解的。

那将是你参加的最后一回考试,也是你获得的最后一次录取通知。那位亲切的先生——日后你将明白光靠亲切是不够的,但若加上某些知识和认识,便可能足够——在你的"面试"场上和你聊阿森纳和曼联[1]。在大厅,他会把那些饼干指给你看:一排排摆好的厚脆酥饼,是有一颗金牙的牙买加女人做的。后来你会和她交好。你妈没告诉你学校到底说了什么,面试的老师也始终没告诉你他在推荐信里写了什么,担保你不必出钱就能接受精英中学教育。在你离开前,他用布满青筋的大手握了你纤细的小手,拉你过去,仿佛要拥抱似的。

"我们需要更多像你这样的孩子。"

---

[1] 指英国职业足球两支传统劲旅,阿森纳队(Arsenal)和曼彻斯特联队(Manchester United)。

见你一脸茫然——

"我们需要更多黑人孩子。真的需要。"

"难怪,"她说,"这样就说得通了。"

"什么说得通?"

"我们为什么那么合得来。一模一样。七年……有趣的七年。"

她瞥了一眼身后的台面,原本打算跃起身体坐在台面上,又打消这个念头。

"你在学校的生活怎么样?"你问。

"那……一言难尽。我从不觉得自己不受欢迎,但总是有我不得其门而入的状况。"

你也基于各种理由颇讨人喜欢,其中很多理由你无法理解。那群十六岁青少年应该没有理由见到神情困惑、身子瘦长的你,不知道你怎么有办法远离你那批人的宿舍,带着交友的意图靠近。

"你好像陷入了苦思。"

"是啊。"

"你想到哪里了?"

"低年级。"

他们陪你走回去。感谢这支临时护卫队。

"你级任导师是谁?"

"李维小姐。"

"什么?她以前也是我们的导师,帮我向她问好。"

其中一人仔细端详你。"他长得很像盖博斯对不对?安德烈，你觉得呢？"

安德烈哼了一声，不表态。盖博斯。你遇到他的时候，是个大块头的尼日利亚男孩，富有吸引人的机智，笑容一派轻松。这种比较未免太明显，有点苟且。一旦面对这种"分身"，会产生几个问题：我们看起来很像吗？我们一定得一模一样吗？盖博斯，你也感受到这奇妙的感觉了吗，那种肉体状态，胸口难受又沉重的感觉？如果有，你怎么称呼它？

但你们没进行即席问答，在旁观者的笑闹声中，你复杂又自然地握了手。彼此没多说什么，但分开时点了点头，了解对方没说出口的话。


"我可以问——"

"三个。我和其他两个女孩。你呢？"这会儿你坐在沙发上。她收拢四肢，换成盘腿的姿势，膝盖撞到你的手。或许是没算好距离，或许是明确表现出不言而喻的欲望。无论如何，当她的腿靠着你的腿，而这会儿你的手懒洋洋地搁在她的大腿上，你们两个什么都没说。

"四个，两男两女。我下一届一个都没有。"你说。

"不会寂寞？"

就像鲍德温说的，你原本以为只有你一人如此，直到开始读书。在这种情况下，两本书摊了开来，就算某些内容你已不记得。她正注视着你，而你无处躲藏。开诚布公。

"有时候会。但我有些好朋友，而且我还挺会应付寂寞的。"你说。

"是吗？"

"是啊。你不是在图书馆看到我就是在篮球场看到我。"
"就知道你会打篮球。"

一项看似可随心所欲的活动，却完全不是这么回事。第一次，你们全站在半圆形里，教练示范那些动作——拍球、停球、走两步、身体向篮圈延伸、轻轻打板、球溜进篮网。他告诉你这不是一蹴而就，要靠练习。第一次拿球做那些动作难免一阵手忙脚乱。再来一次。这不是侥幸。你办到了。

要怎么明确表达一种感觉呢？你把球送进篮圈的动作非常凌厉，赏心悦目。是感觉，而非某种认识；不靠认识，全凭感觉是对的。时机稍纵即逝。你改头换面。绕过了什么，绕过创伤，绕过你的影子。脚步又快又稳，就像笔刷坚定地掠过帆布。不，你不只是把球放进篮圈。你也获得新的观察方式，新的生存之道。

那种运动，还有人生，让你瘦削。T恤贴着你的胸，长而结实的臂膀无拘无束地从袖口垂下。时间会做到这件事。你会计时，看你在球场来回奔驰的速度多快，坚硬橡胶鞋底的嘎吱声响就是听觉的码表。过去几年，每逢星期五，你会自我放逐到较小的体育馆，地上，羽毛球的标线和你的得分标记纵横交错。在这个空间，篮球是后来追加的，底线都紧贴墙壁了。你得撬开安全门才能让隔壁游泳池飘过来的刺鼻氯味淡一点。那里也很温暖。只有你一个人。有时，第一个钟头会有队友加入，当疲倦侵占你们的身体，他们会离开，而你继续磨炼各种角度，投到球哧的一声破网，宛如激烈的呵斥。练习？我们在讲练习吗？你不真的了解你的能力——

是福也是祸——但知道非练习不可。尤其是在那次受伤后，你的肩膀像松开的纽扣脱离了关节。创伤让你变得体贴。

你想要将球射入篮圈，一而再，再而三。你不想思考在无边无际的场地流连是何意义，不想思考那一连串在寂静中大声嚷嚷的巧合与情况，来确认自己在那里的位置。你不愿回想自己在走廊对人露齿而笑的蠢样；他们自以为知道的事，与真正事实间的差异让你害怕。你不想玩那种你对规则或场地完全没有发言权的游戏。

所以你退回——或者说前进——到篮球场。这个举动是更接近自己，所以应该是前进，对吧？你想要在这里，在这记号褪色的木地板上营造一个家。你想要伸入身体的外部范围和那个范围以外的地方；你想要用力呼吸到上气不接下气；你想要流汗；你想要疼痛；你想要从半场出手，让橘色球体旋转得越来越快，朝篮圈飞去，让皮革划过细绳，让篮网唰的一声；你想要微笑，想振臂欢呼；你想要感受到像是喜悦的感觉，就算非常微小。

你想要自由。

"那你呢？"

"我？"

"你靠什么？"

"我靠什么？"

"别让我一副神经病的样子，行行好……读私立学校的黑人小孩，我们都有一套让神志清醒不发疯的方式，就算只有你自己适用。"

她点点头,表示赞赏。"我懂。跳舞,我那时爱跳舞,到现在还是。"你觉得她说着说着,身子在沙发上更惬意。"每当有人见到你——我是说平常——你不是这样、就是那样。但一做我爱做的事情,"她顿了一下,让回忆拥抱她,温暖、浓厚、抚慰的回忆,"一做我爱做的事情,我就可以选择了。"

她陷入沉默,仿佛整个人陷入回忆,而你俩都满足地优游了一会儿。咕噜声响由远而近,像迎面来的列车加速通过车站,于是她问:"要吃东西了吗?"

天色暗了,时近黄昏。她把最后一个碟子放进沥干架,关上水龙头。"我再一会儿就得走了。"

"你就穿这样来的吗?"你说,希望语气听来像关心,而非评断。就在这时你发现她的骨架有多苗条纤细。她穿着白色套头高领衫、黑色罩衫、黑色紧身裤,而除了身上穿的,没带别的衣服来。

"是啊,"她说,"我会冷的,对不对?"

"带上我的帽衫吧。"

"黑色那件吗?那是你的最爱。"

"带着吧。下次还我,或者我去找你拿。"

"你确定?"

"我去房间拿来给你。"

"我可以去吗?"

"可以啊。"

"你可以背我上楼吗?"

"呃,当然可以。"你说。说完便转身,稍微弯下膝盖。

她的指头温柔扣住你锁骨和肩胛之间的沟槽,然后藏身于你的背后,脸颊贴着你的侧颈。两手钳住她的大腿,你毫不费力完成这段短短的旅程。

"我不太重吧,对不对?"

你摇摇头,放她下来。她是不重,却有一种分量,与你在厨房里端详的精瘦身影不相称。也就是说,刚才你背负的生命力比预期的重。

"天啊。"她伸长脖子,歪九十度,读你桌上叠得像一座座高塔的书脊。她到你床沿坐下,眼神仍盯着书名来回舞动。"好怀念能读书的时光。我大学修英国文学呢。"她补充说。

"哦,这样啊,想借什么都可以哦。"

"这次我先读这本好书,凯·米勒[1]的《同一个地球》。但我会再来,"她说,眼神飘向旁边,"也许,"把手伸向最小的一叠,你常回来拿取的一叠,"为扎迪[2]而来。"

"明智的选择。"

走到贝灵厄姆车站路途很近,途中你穿越公园。这天没有春日可能带来的薄雾和阴暗,而在一个围起来的区域,四个年轻人聚在一起打篮球。三个穿了适合打球的服装,一个不然。最后那个人还用皮带牵着一条不断吠叫的小狗,一边出言指点成功的秘诀。

---

[1] 凯·米勒(Kei Miller,1978—),牙买加黑人作家。《同一个地球》原名 *The Same Earth*。
[2] 扎迪·史密斯(Zadie Smith,1975—),英国小说家,母亲为牙买加人。成名作为《白牙》(*White Teeth*)。

"一只手抓就好……不……另一只只是辅助,就是这样。"

那名球员吸收了新知,把球向上抛出。弧度很漂亮,但随着球在空中旋转,显而易见理论与实践尚未磨合。球什么都没碰到:篮板、篮圈、篮网,什么都没碰到。年轻人耸耸肩,无视旁人奚落,拿了球、摆好姿势,愿意再试一次。

她亦步亦趋跟着你走平常走的路——下丘陵,穿过公园,沿着这个伦敦镇区的主街走,路过镇上的魔力速食[1]和酒类专卖店、加勒比外卖餐饮、那家永远空荡荡的酒吧——到那个斜坡顶端。车站正等着。

"我想该说再见了。"

"拜拜。"你说,但愿没有流露出失望。你不愿你们在一起的时光就此结束。

"拜拜,下次见。我得走了,"她说,拉了拉帽衫,"我回都柏林前会跟你联络。"

你不由自主呻吟一声。

"什么?"她问。

"都柏林很远。"

"是啊。"她说,"但我会回来。"火车进站,她把牡蛎卡[2]放上机器感应,上了车,你俩挥手直到车门关上。她对着你微笑,找了位子坐下,又开始挥手。你也跟着挥,她大笑起来,驱使你用默剧的风格追赶火车。你一边跑,一边

---

1 魔力速食(Morley's),英国速食连锁店。
2 牡蛎卡(Oyster Card),大伦敦地区的交通卡。

挥手，一边大笑，直到火车加速驶离，你也来到月台尽头。她从视线消失，只剩你独自待在月台，有点喘，有点兴奋，有点悲伤。

# 7

不是那天,不是隔天,而是后来某个时候,你在你的厨房里哭。你一个人在家,差不多这样一个礼拜了。头戴式耳机把声音送入寂静,柔情的低吟随鼓声绵延——设计来让你朝自己行进的鼓点。在简单的节奏中,说唱歌手坦承他的痛,所以你停下来问自己:你感觉怎么样?老实说,伙计。你正在扫厨房地砖上的垃圾,伸进角落清除边缘的斑点,以简单的节奏挥动扫帚,你开始招供,你的喜、你的痛,你的真心话。你拨电话给你妈,但她仍在远方,仍在与丧母之痛搏斗。你想告诉她你好想她的妈妈,承认在你外婆失去身体、获得灵魂以后,你失去了你的神;你想告诉她你到现在仍无法面对自己的痛。她需要你完好如初,你这么想。你挂断你已经拨出的电话。你打给你爸,但你知道他没什么话好说。他会藏在伪装后面,会叫你当个男子汉。他不会告诉你他有多痛,就算你听得到他声音里的颤抖。于是你不打了。你打给你弟,但他也背负着你父亲的房子,他也无话可讲。

所以你待在厨房,独自一人,但这种孤单前所未有。有什么该做的事情还没完成,你好害怕。你知道自己想要什么,却不知道该怎么做。这份痛楚并不新颖,但也不熟悉,就像在一块布料上发现破洞。你哭得稀里哗啦，觉得像新生儿一样散开而柔弱。你想收拾心情，重新振作起来。你滑倒，摔到地上，耳机也从头上脱落，散开而柔弱。你哭得像新生儿，独自一人。你感觉不到节奏。什么也没播放，音乐停止。中断：也有人叫它歇段。稍微停顿，让音乐从紧绷的节奏中松脱。你之前一直在走，一直走、一直走，现在决定放慢速度，停下来，坦承一切。你好害怕。你一直很怕这样的外溢。你担心被撕裂，担心无法修复，无法完好如初。你已失去神，所以你连祈祷都不能，反正祈祷只是供出你的欲望，而你并不是不知道自己想要什么，而是不知道该怎么做。你跪着，音乐停了，你哭得像新生儿。你妈打来了。你拒接。她需要你完好如初，而你没有。你必须一个人面对，你这么想。有该做的事情还没完成。你的杯子打翻了，现在空了，没有水在流了，但你还是散掉，还是柔弱。你想收拾心情，重新振作起来，所以你从冰凉的厨房地砖上爬起来，从厨房跌跌撞撞来到走廊，再来到楼梯。哭声小了，但你还是觉得脆弱。你凝视墙上的镜子，虽然音乐已停摆，节奏已消散，你要招供你的喜、你的痛、你的真心话。你停下来问自己，你感觉怎么样？

那首让你跟着摇摆到摔倒的歌是乔恩韦恩[1]的《害怕我们》，歌里混了一群黑人女子的歌声，其中一位是惠特尼·休

---

[1] 乔恩韦恩（Jonwayne, 1990—）为美国说唱歌手及唱片制作人。《害怕我们》原名"Afraid of Us"。

斯顿[1]的母亲茜茜。孤单的时候，那哼唱的旋律会令臂膀汗毛直竖，会唤醒你的内心深处。你曾害怕你心里的东西吗，你其实有能力处理的事物？无论如何，当你擦去溢出来的眼泪，只剩下闪闪发亮的厨房地砖和你被泪水洗过而纤弱的身躯，你站在客厅里，听着索兰格[2]的《朱尼》。你高兴地随便举起手，庆幸自己活着。就是这么简单的感谢。这首献给放克歌手朱尼·莫里森[3]的颂歌，铺陈也很单纯。也就是说，每件事物都是出自其他事物。也就是说，你扎实的痛楚会萌生轻柔的喜悦；也就是说，穿过你的客厅，给自己那份自由，简简单单的自由，去沉浸在朦胧、有节奏、有活力的鼓点中，刻意的贝斯，你刻意又不经意的脚步，心醉神迷，抓不住所知，失去所知。生来清新，生来自由。绕过创伤，绕过你自己的阴影。这是纯粹的表达。请在这里问自己，当你开始迅捷、轻盈地移动脚步，光着脚滑过地板，凝结出娇弱的汗水，就在这里问自己：你感觉怎么样？

前一年夏天你问过同样的问题，发现有一层薄雾笼罩你的形状与细节。你发现自己人在房里，没有意识到痛，站着站着，腰际突然一阵剧痛，仿佛偶然有根流浪的刺戳穿身体。

---

1 惠特尼·休斯顿（Whitney Houston，1963—2012）为美国女歌手、演员，吉尼斯世界纪录认证的获奖最多的女歌手。其母茜茜·休斯顿（Emily "Cissy" Houston，1933—2024）为美国的灵魂乐歌手和福音歌手。
2 索兰格·诺尔斯（Solange Piaget Knowles，1986— ）为美国歌手。《朱尼》原名"Junie"。
3 朱尼·莫里森（Junie Morrison，1954—2017）是美国音乐家和唱片制作人。

你默默穿好衣服，搭巴士从贝灵厄姆到德特福德[1]，去一家位于车站黯淡拱门下方的酒吧，据说音乐人会在那里聚会，透过各种乐器传达声音，问彼此，你感觉怎么样？

你对自己的朦胧、自己的欠缺形状与细节感到不快。但你做了选择，选择去那里，想改变、想前进，而以这种方式接近自己，确实具有力量。你想到生命的目的，想到那如何成为一种抗议。你们怎会来这里，抗议；怎会聚在一起，从容过活。酒泼在人行道上。两杯十英镑。这会儿你们在喝了，但稍早你们遭到拒绝，不行，那张桌子有人预订，一整晚。你们只是想在隔壁派对开始前来一杯，不行，那是你们的事，与他们无关。你们咽下那口气，聚在一起，从容过活。把一杯酒泼在人行道上，泡沫像浪花冲上柏油路。

音乐吸引你们进去。用那种方式打鼓，让屁股跟着摇摆，脚简直跳起来。一个第一次来的朋友问另一个熟客那是什么感觉，她回答："像祖先来访，而我们让他们附身。"或许祖先一直在体内，而你只是将他们放了出来。你看到它从一头浓密鬈发冒出来，你看到它在跳动的肩膀、脊椎优美的弧线里。你看到它在波浪一般的婴儿鬈发凝聚的汗珠中，依偎在天然毛发的油亮鬈曲里；看那黑人身体，不，黑人特有的高低起伏，随心所欲的律动，她自成一格的美，他调皮面孔若无其事的脸颊，灯光中被一只黑色的手轻搂、闪闪发亮的小喇叭，说唱歌手擦过麦克风的唇；你们正失去什么，不，不是失去自己，也许就像跳进大海，让那黏答答的创伤的柏油，

---

[1] 德特福德（Deptford），伦敦东南部地区名。

被海浪冲走。

跳舞啊,你说。跳舞吧、唱歌吧,拜托,做你该做的;看看你旁边的人,看他们的情况跟你一样。转向你旁边的人,朝他踏出一步,他则退后一步,交换,你退他进,走、走、走,让海水淹没,让海水冲过头顶,让创伤像呕吐一般涌上来,吐出去,继续,吐到地上,放掉痛苦,放掉恐惧,放掉吧。你在这里很安全,你说。这里有人了解你。你可以在这里住下来。我们全都受伤了,你说。我们全都努力生存、努力呼吸,却发现我们被超出我们所能掌控的事情阻挡了。我们发现自己不被看见,发现自己无人闻问。发现自己被贴错标签。我们喧哗而愤怒,我们大胆而性急。我们这些黑人。我们觉得没有说出真相,我们觉得害怕,我们觉得受到压抑,你说。但别为已经发生的发愁,别为尚未发生的烦恼。动起来吧。别抗拒鼓的呼唤,别抗拒大鼓的重击、小鼓的轻敲、踏钹的铿锵。身体别那么僵硬,要像流水一样摆动。来这里,拜托,你说,而那个年轻人拿了牛铃,摇动的样子让你不禁要问,是谁先来这世上的?是他,还是音乐?连击[1]完美无瑕,走弱拍,偷偷溜过铜管和打击乐器。听到号角响起了吗?你的时刻来临了。沉醉荣光吧,因为荣光属于你。你今天工作加倍努力,但那不重要,在这里不重要,现在不重要。重要的是你人在这里,活在当下,你听见了吗?听起来像什么?像自由吗?

---

1 原文为 Retatat,指一连串敲、拍或摇的声音。

# 8

"我最近情绪低落。"

"你还好吗?"

你躺在你的床上,脚撑着墙,盯着天花板,像凝望一动不动的天空。你在电话上,伸向远方,不是第一次,也不是最后一次。她的声音透过轻柔的静电向你旋转而来,你试着测出它的方向,想象声波是从某个你从未见过的地方飘过来。

"我可以说句实话吗?"

"当然。"

"我好累。"

坦白之后,这个事实便为你的自我注入形状与细节。你听到她低声吐气,知道她懂你的累不是睡眠可以解决的那种,并不是。你倦了。你不是都没有快乐的时候,但痛苦时较多。而就像吉米[1]说的,你开始觉得只有你一人如此,直到她说:

"我也是。"

"你怎么应付?"你问。

---

[1] 指詹姆斯·鲍德温,吉米(Jimmy)为詹姆斯(James)的昵称。

"我抽烟、喝酒、吃东西。我努力款待自己,善待自己。我还跳舞。"

"拜托多告诉我一点。"

"抽烟还是喝酒?"

你俩都笑了,而你听到她重新整理自己,也许坐直起来。

"我喜欢动,"她开始说,"一直喜欢。小时候就是跳遍游乐场无敌手。那是我的空间。我创造空间,而我跳舞跳进那个空间,就像跳进鼓留下的空间,大鼓小鼓踏钹之间的空间,充塞寂静,巨大寂静的地方,鼓要你填补的那些时刻和空间。我跳舞是为了呼吸,但我常常跳到喘不过气、汗流浃背,才能感受到完整的我,感受到无法时时感受到的那些部分,觉得自己不被允许去感受的那些部分。这是我的空间。我为自己创造了一个小小世界,而我就住在那里。"

"哇。"

"抱歉,我说得太多了。"

"啊,不用道歉啦。我从没听过有人这样聊跳舞,很酷。德特福德的星期三之夜跟你颇接近……演奏爵士乐,但房里有不一样的氛围。有股非常……非常自由奔放的活力。一群黑人可以尽情做自己。"

"等我回伦敦,我们一起去,都柏林没有那种东西。"

"好哦。"

你打开手机的扩音。让两腿砰的一声落到床上。你改成侧卧,双手塞到脑袋下面,仿佛在祈祷。祈求平静。你的呼吸平缓了下来。你听到她也是,你俩都在推拉那片隔开你们的海洋,载浮载沉。急促,却悄然。突然一阵鼾声传来。你默默挂断,希望不会吵醒她。

# 9

"要吃饼干吗?"

"呃——"

"吃嘛,拿个两片。"

她妈妈把一大罐银色的马口铁罐头放在你面前的小茶几上,里面有形形色色的饼干叠在一起。你拿了两片巧克力消化饼,把一片浸入茶杯中。饼干变软,一半扑通掉进你的格雷伯爵茶。

"现在有什么节目?"她妈妈像在自言自语,拿遥控器对准电视。快速浏览频道,她停在冬奥会。你们看着四个人乘坐一辆像是光滑长卵石的苗条车子,掠过结实冰砖砌成的赛道。

你来她家拿你的帽衫。你们原本打算在她回都柏林前碰面,但在这座城市,有太多事情串通一气,阻止碰面和约会。那是二月一个星期天,你俩看着火车一班接一班取消,只好放弃。所以此刻你在这里,她不在。而她不在,她的存在感却更重。你来这里——她家,是要拿你的帽衫,你打算拿了就走,回到你家,只有你的地方,让寂静以你听得到的方式嗡嗡作响。

但她妈妈欢迎你来，问你要不要来杯茶。于是你看着她优雅却坚定地拖着脚步，专注而不慌乱地走去打开橱柜，拿出饼干罐。

"可笑的运动。"她妈妈说。画面变了。一个女人慢慢让一个石块状的物体在冰上滑动，然后放开固定在物体上方的弧形把手。另两名女队员则拿着长柄刷擦着冰，仿佛要去除污迹似的。这动作清出一条看不见的路，让物体静静在冰上滑行，抵达有个白色靶心的目标区。

"哦，对，等我一下。"你听到她在屋里别的地方慢慢走，当她回到客厅，她把你的帽衫放在其中一张椅子上。

"今天过得怎么样？"

周末夜晚。城市里其他地方，人们都在反抗平日的职责，把酒馆、酒吧和舞池挤得水泄不通。不论冬季稍早透露了多少暖意，都必然是假象。你白天都在室内度过，早晨在你的书桌前流逝。你浏览了一本图像书——罗伊·德卡拉瓦的《我看到的声音》（*The sound I saw*）——你也写了一点什么，不多，但总是有写点什么。白天其他时候，你裹着毛毯，仔细钻研一本小说——扎迪·史密斯的《西北》。

"我好爱她写的东西。"她妈妈说。

"她是我最喜欢的作家，《西北》是我重读最多次的书。"也许这个问题我们永远都该这样问，别问你最爱哪件作品，让我们问：哪件作品一直把你拉回去？

去年，一个夏夜，你拿你那本翻到破烂的《西北》给扎迪签名。她戴着褐色的发带，金环在耳垂摇晃，脸上流露会心的神情，虽然她那晚才承认她一辈子缺乏信心。她的在场给人平静、和缓、贤哲般的感觉。她看出你有一点点尴尬、一点点慌张——你朋友发誓说你差点哭出来——便引导对话。

"你家人来自哪里？"

"加纳。"

"啊。家母曾嫁给加纳人，为时短暂。你们是很好的人。"

"发生什么事了？我是说你妈妈。"

"一些没办法解决的事。"

你们又说了一些话，而你试着——但未能——解释这本书对你的意义。你的伦敦东南区和她的西北有许多雷同之处。

"东南区的哪里？"

"卡特福德。"

"我祖母住卡特福德，我小时候在那里度过不少时光。"

你微笑看着她帮你的书签名，再也说不出话来。你没办法告诉她，她的书你已经读了好多遍，而且未来会读更多、更多遍。没办法告诉她你的呼吸在哪里哽住，双眼在哪里睁大。那些被她偷偷塞进段落、读来舒畅的充满渴望的故事，你全都发现了。你想说，读到她那篇探讨这部小说的文章——

幸福的结局绝非普世一致。总是有人被抛在后头。而在我长大的伦敦，一如今日，那个人多半是年轻黑人男性。

——你懂。

你提到写作,倒是挑起了她母亲的兴趣。

"你在写什么,小说吗?"

"我也不知道,有点类似,其实只是补我摄影的不足,试着找另一种说故事的方法。不过,我确实花很多时间读小说。"

"所以,"她说,把一条腿跷到另一条腿上,"写作其实只有两种情节设计:陌生人进城,或一个人展开旅程。所有好作品都是这两种概念的变化而已。"

你离开时仔细回想这句话。那《西北》呢,那本没有人是赢家的书呢?

那你过的生活呢?谁是陌生人?谁是熟人?他们的人生旅程又是如何?

离开时你不知道该不该拥抱她的母亲,但你顺从直觉,张开修长双臂,很快搂了她一下,没有逗留。她有初雨泥土的清香,你可能也会说那是家乡的味道。

在幽暗中等巴士的时候,你套上帽衫。那像她的气味:芬芳如撕下的花瓣,芬芳如夏日开花时从茎上摘下的薰衣草。你把耳机戴上,载入凯尔茜·卢[1]的迷你专辑《教堂》。那从头到尾都是管弦乐,意在臻至一种宁静的狂喜。此刻你去哪里都可以,你闭上眼,被她的存在感笼罩,她不在,存在感却更重。但你回家去了,沉浸旋律,不知不觉陷入打击乐的停顿之中,从容地呼吸。

---

[1] 凯尔茜·卢(Kelsey Lu,1991— )为非裔美国歌手和大提琴手。《教堂》原名"Church"。

# 10

你搭地上铁,从肖迪奇[1]搭到伦敦东南区,这时她打电话来。这天下过雪,一层白色尘土在破裂边缘。不过,在走路去车站的时候,唯一的痕迹是你的回忆。地湿了,空气清爽。

"你在哪里?"她问。

"我在……"你望向窗外,撞见那栋巨大的森宝利[2]。

"正要进布罗克利[3]。"

"我从都柏林回来了。感谢阅读周。"

"我以为你星期一就回来了?"

这天又是周末夜,列车上有一群足球迷大声喧哗,那种音量,你相信经过这一天,他们早习以为常。

"不,是今天。谁的声音啊?"

你起身往车门走去,伸手将麦克风贴在嘴上。

"一大堆家伙,看来是水晶宫[4]的球迷。"

---

1 肖迪奇(Shoreditch),为吸引年轻创意和潮流人士聚集的艺术区。
2 森宝利(Sainsbury's)是英国第二大连锁超市公司。
3 布罗克利(Brockley)是南伦敦一区。
4 指水晶宫足球俱乐部(Crystal Palace Football Club)。

"你干吗用气声说话?"

"虽然没什么恶意,但我不希望他们认为我在谈论他们。"

"了解。你听我说——"

"嗯?"

"我觉得你该叫辆 Uber[1] 来我这里。"

"你认为,"你说,"我该叫辆 Uber 去你那里?"

"对。"

"好。我去。"

"很好。我什么时候可以看到你?"

列车一会儿进站。当你冲下月台进入街上,向你的出租车招手,你经历了一个仿佛被扔进未来、不知如何能记住的奇妙片刻。你想要目击证人。你想要有人拦住你问:你在干什么?而你要回答:跟着感觉走。

"嗨,朋友。"

"嗨,朋友。"

"我好想你。"你说。

"现在也想吗?"

"也想。"

"好哦。"

"你该回'我也想你'。"

"呃——有点想。"

---

1 指优步,一款打车 App,这里代指出租车。

"无所谓。"

她眉开眼笑,伸手环住你的颈,把你拉过来。浓密鬈发搔着你的脸,今天是乳木果油和椰子油的味道。身体分开后,你指了指她的 T 恤。

"你喝 Supermalt[1]?"

"当然不,那难喝死了。T 恤是我表妹给我的。"

"你怎么可以不爱 Supermalt?"

"那就像把一整餐装进一个瓶子里,味道太重了,而且不好喝,喝起来像……"她发起抖,仿佛要回想的事情曾造成什么创伤。

"我体内的加纳血统被冒犯了。"

"除非你想一直被冒犯,不然别让我看到那种饮料。"你走进她的客厅,她则进厨房,"说到这个,你吃了吗?"

"除非你把我喝的两瓶苹果酒算进去,答案是没有。"

"那我们叫外送吧。比萨、辣鸡翅,都要。"

"都要?"

"对啊。"

"呃。"你说,忍不住笑意。

"怎样?"

"你从来没把东西吃完过。"

她双手交叉,皱着五官,一脸不屑。

"你才从来没把你的东西吃完过。"

---

[1] Supermalt 是种麦芽饮品,无酒精、无咖啡因,富含维生素 B 族、矿物质等营养成分。

"我向来会把东西吃完。"

"不——公平。"她耸耸肩,"我的眼睛比我的胃还大。何况,那表示我隔天都会吃午餐。"

"你要我就点,"你说,一边调出外送网站,"我觉得我们关系的基础有一大块是一起吃吃喝喝。"

"我不觉得吃吃喝喝是不好的享乐。"

"我也不觉得。"

当食物送到,门铃叽叽响起,虽说你交代他们到的时候先打电话:她不想吵醒她妈。你听到她把外送员数落一顿,在门口打一场她已经输了的战争。

她来沙发和你会合,把比萨盒放在你俩之间,撕了一块走,伸手接着以免芝士牵丝掉落。你也撕了一块,折成两半,让它兼做食物和碟子;她有样学样,叹了一口气,代表饥饿得到满足。这时她也往后靠着沙发,伸手找你的手,而你牵了,十指交扣,仿佛这是日常。她的食指和无名指戴着戒指,你的指间感受到指环的冰凉。当你们把这重要的时刻握在手里,你们都不敢直视对方。你觉得天旋地转,也觉得温暖。你们都沉默不语,都不明白原来渴望可以用这种方式表露,如此温柔的接触,声音竟如此洪亮。是她先打破这一刻。

"我们这样牵手没办法吃东西啦。"

"是我不好。"

"没有人不好。"

她打开电视,让客厅被声音淹没。那是斯派克·李[1]系列,所以大胆、挑衅、无礼。是八十年代电影《稳操胜券》的重拍版。屏幕上那对男女正在做爱,大声做爱,但做得太干净利落,无法反映两人亲密时的热烈与狼狈。

"你还在干燥期[2]吗?"

"是的。"她说,"你呢?"

"干得和没擦乳液的手肘一样。"她咬着下唇,但眼睛在笑。"笑嘛,"你说,"你尽管笑。但等等——你跟塞缪尔一个月前才分?"

"够久了。"她回答。

"我想也是。"

"我可能很快就会放弃。"

"我觉得这种时候禁欲好像比试着交往吸引人。"

"你禁欲多久了?"

"八个月。"

"啊?"

"你听到了。"

"那不是干燥期,是干旱吧。"

你不知道塞缪尔会如何看待这段对话,但后来他什么也没提,不再提起。自这段友谊开花,塞缪尔就打退堂鼓,随着你俩越拉越近而越离越远。他们分手时,你想探问他

---

[1] 斯派克.李(Spike Lee, 1957—),美国电影制作人、导演、编剧及演员,电影作品大多挂"Spike Lee joint"之名。《稳操胜券》原名 *She's Gotta Have It*。
[2] Dry patch,干燥期,常喻指生活中不顺利的时期,这里也喻指单身和无性生活的时期。

的状况，但电话打不通，信息未送达。塞缪尔已切断联系。你想知道，要是他得知这种情景会有什么感觉，说些什么话。你推开那些念头和罪恶感，对各种联想一笑置之，又伸手拿了一块比萨。

这么做比较容易：打开盒子，迅速关上，讲几句俏皮话封起来。让身体这么做也比较容易：嬉笑怒骂，吃吃东西，轻叹几口气。努力让自己陷入狂热，让大笑回荡房间，噪音保护你的真心话。或者你俩都这么想。你们继续这么做，直到你俩都累了，到她伸展修长的身体横过沙发，把头枕在你的大腿上。沉重，就如你手里紧握着的这一刻。你一手搁在她的头上，伸进浓密的鬈发，另一只手安然落在她的腰臀之间。

"别让我睡着。"她含糊地说。不一会儿，你也合眼。

你在凌晨醒来，仿佛深陷现在的回忆之中。扬声器静静地播放着什么。她的脑袋在你的手里又热又重。口干舌燥，视线模糊。你的动静把她弄醒，而你感觉得出来她也一样，试图在蒙眬中找到清晰。

"我得上床去，"她下令，"你留在这儿。"

"好。"你说。她起身，而你伸出四肢，填补她四肢离开的空间。她摇摇头，招招手。

你们在这里，她的卧室里，没有交谈。那里幽暗、闷热而沉重，却宜人，就像被一个比你庞大许多的东西紧紧搂住。她放下百叶窗，拉上窗帘，现在房里一片幽暗，只有微光从走廊透进来。她等你松开你的皮带、解开你衬衫的纽扣、脱掉充当睡衣的汗衫背心,再把门关上,将你推入更深的漆黑。她凭记忆爬上床,而你摸索着走向她。有一些空间要移动,但她把你拉过去。你的脸靠上枕头,而她把脸塞进你颈部的曲线,你们的腿依序纠缠,她的、你的、她的、你的,你们的手臂勾着对方的背。你们如此契合,仿佛这是你们的日常。你们在这里,在她漆黑、闷热、沉重的卧室里,没有交谈,轻快地朝睡眠而去。你们在这里没有交谈,但就算交谈了,话语也有负于你们,言语将不足以反映,两人亲密时的热烈与狼狈。

当光线开始从百叶窗底下溜进来,你得离开了。你醒来,热病已发作,使现场满目疮痍。好多想法在你脑子里跳来跳去。口干舌燥,视线模糊。这一次你的动静没有把她弄醒,但当你伸手抓她的门把,她发出微弱的抗议声。她的手伸过来,牵住你的手,紧紧扣住,亲吻肌肤。此刻不需要多说什么。你弯下腰,吻她的头顶。

隔天,你又进了电梯,升到六楼。你敲了她的门。开朗的笑。你今天是为开启这一切的项目而来,而你觉得身体在你们拥抱时紧张地颤抖,但你不知道是因为这个项目,还是昨晚发生的事。你不知道该怎么跟你需要的目击者解释昨晚的事。可是什么也没发生,你会这样说。目击者会摇摇头,仿佛在说,你不明白那是什么意思吗?躺在一起,没喝醉,只有她朦胧的形体是存在的指引,感觉安心。那就是爱吗?

感觉安心？而你现在就在这里，在她面前感觉安心，只被彼此的沉默隔开。

"你感觉怎么样？"你问。

"很紧张，对于这件事。"她指着你正在架设的摄影设备。

"你没问题的。你驾轻就熟了。"

"还有对于我们，"顿了一下，"我们需要——"

门铃响起。

"谈谈，"她说，"我是要问，我们是不是需要谈谈。不过，什么也没发生，对吧？"

"对，什么也没发生。"

"我们没问题？"

"当然，是吧？"

"是啊。"门铃又响了。

"你去开。"

"你去开。"这话荒唐到你俩都笑了。笑这觉得荒唐的感觉。

你整个下午都在帮她的朋友拍照。那是位诗人。后来，很久以后，你会查看那位诗人的作品，发现《离开之前》，一首回文诗，描述没说出口的事，描述来来去去、拨号音的间隔，还有那些停顿——像是打击乐的停顿，你呼吸最大声的地方。那位诗人看出你和她的拥抱中有没说出口的话，看出水里的震动，引发阵阵涟漪的沉没石头。诗人看见你，诗人看见她，而你们都很感激这朦胧中的一点清晰。

你们同桌吃晚餐，你们三个，而当你们分开时，诗人看见你，看见她，看见涟漪和那颗沉没的石头，叫你俩远离烦恼。

烦恼的是，那天下午——她回来一天后，狂热的梦开始一天后——你在拍照，而她在诗人说话时向你望过来。她失神了一会儿，与你视线交会，一秒、两秒、三秒，才回神。你拍完照，你确定自己屏住呼吸，与她视线交会，一秒、两秒、三秒，才恢复，相机微微颤抖，把你猛然震回当下。烦恼的是，这是你欣然接受的烦恼。你明白陈腔滥调有其存在的理由，你很高兴你的呼吸被夺走，一次三秒，或许不止。被这名女子夺走。

烦恼的是，你不只和她同桌吃晚餐，你还正要开始以前所未有的方式让她共享你的人生。你从车站步行到她家，街灯断断续续用刺眼的强光浇熄你。你们聊起最近看的剧：《兄弟大小》[1]。它在伦敦上演的档期很短，你却看了两次，两次都觉得呼吸困难，热泪滑落脸颊。剧里在讲，无条件的爱在什么条件下会崩裂。最后，你会发现，人们永远无法不为自己的手足哭泣。

"我也看了，是有打动我，但我不知道有没有像你那么感动。"

---

[1] 《兄弟大小》(*The Brothers Size*)，麦卡尼（Tarell Alvin McCraney）创作的戏剧。

"我弟是我帮忙带大的。我知道那是怎样的爱。有喜乐，有痛楚，有时我真的对他火冒三丈。他是我最好的朋友，但有时也像我的儿子。"

当你在黑暗中哭起来，她没有看着你，但握着你的手，用拇指轻抚你的手背。这样的亲近，这样的安慰，就够了。

# 11

烦恼的是,一天后,阴霾像夜雾一样笼罩。你和艾萨克坐在国家剧院里,周围是冰冷的砖块和混凝土,温暖依旧,狂热依旧。你无法集中注意力。你渴望她的触摸。前一晚,你们依然那样相拥。

"你非走不可吗?"

"该走了,我得早点把这些装备还回去。"

"多早?"

"他希望七点以前。"

"妈的,那也太早了。"她依偎得更紧,如果有可能的话,"明天可以见到你吗?"

"当然。"你说。

烦恼的是,让我们这样解释这个烦恼吧:你在狂热的梦里坠落,就算浮上来,也只会再次沉没。多纳西安·格罗[1]这么说:一旦心迷失于狂喜之中,就无所谓自省,无所谓扣心自问了。你不会问自己问题;你不会问自己你和她是在什

---

[1] 多纳西安·格罗(Donatien Grau,1987—)是法国学者、作家及评论家,专攻十九世纪及二十世纪初的艺术、文学及文化。

么条件下相遇；你不会回想你是那一晚在酒吧缠着塞缪尔介绍你们两个认识；不会回想那一晚你俩在她的公寓里，你自己像小小的火焰那样绽放魅力；不会回想那个朋友不再把你当朋友、不会回你电话或短信的事实；不会回想一切的原貌。你不思考了，你只凭感觉。事情还没发生，你就已深陷回忆。你好想饱足地叹口气，你好想在炎热的幽暗中紧抱她。你好想——

"有听到我说话吗？今晚想看表演吗？"艾萨克问。

"我要见我朋友。"你说。

"你朋友，呵？"

"我朋友。"你坚持。但你是想说服谁呢？艾萨克，或你自己？

"那我们先喝点东西。你跟那女的约什么时候？"

"你怎么知道是女的？"

"我又不是新来的。"

"什么意思？"

"你看起来好像被巴士撞到，拍拍灰尘，再去撞一次。你看起来好像很期待再被那辆巴士撞一次。"

"奇怪的类比。"

"我说错了吗？"

没有，他没有。你又回去了，去回忆还没发生的事。你好想饱足地叹口气，好想在炎热的幽暗中紧抱她。好希望你的身体说出原本说不出的话。

那天稍晚，她请你去贝思纳尔绿地[1]和她喝点东西。你不假思索，向你的朋友宣布你要离开了。艾萨克望着你，眼底闪着会意的光芒，什么也没说。

"可是你才刚买票而已。"另一个朋友说。

"可以给我吗？"他的同伴说，那人几分钟前才过来会合。

"好啊。问题解决了。"

你离开朋友，立刻动身，穿过苏豪区朝皮卡迪利圆环而去，搭棕线往牛津圆环[2]，转红线往贝思纳尔绿地。你向她画出一条直线。不，这条线以前就在，现在仍在，永远都在，但你想要巩固，想要加强。

正当你从地铁站来到地面，你的手机发出砰然巨响。

你在哪里？

快到了。

"我喝醉了。"当你走进那家餐厅，悄悄坐到她身边，她这么说。她眼里闪耀的光泽已泄露真相：银光熠熠，像反射的玻璃。她牵起你的手，搁在你的大腿上。用这种方式，她向你画出一条线。打从这场狂热梦境开始，她就这样画了。或者不是。是你，是你在要求认识她时就向她画出这条线。当她要你叫Uber去她家时，把线画了回来。那条线以前就在，现在仍在，永远都在，而你俩都试着巩固它。

你在酒吧度过快乐时光，她介绍你给她的朋友妮科尔

---

1 贝思纳尔绿地（Bethnal Green）是伦敦一个地区。
2 苏豪区：Soho；皮卡迪利圆环：Piccadilly Circus；牛津圆环：Oxford Circus。

和雅各布认识。形形色色的鸡尾酒杯彼此碰撞，叮叮当当，银铃笑声随后跟上。你们安定下来，彼此缱绻，她的头懒懒倚着你的肩，这时雅各布指指你，又指指她。

"所以你们两个一体了，对吧？"

"什么？"

"你们两个是……"他眨眨眼，眨得很钝。

他最好知道。你们同桌时，这粗鲁的白人从头到尾都在讲他自己有多重要——他告诉你他在广告业——他会是你的目击证人吗？你会靠过去跟他解释你和她不是他所想的那种一体，而是连你们也无法领略的那种一体？会告诉他你深埋地下的那颗种子已在错误的季节开花，花朵之茂盛，让你和她都不由得惊讶？

"少来了，"他说，"很明显好不好。"

"什么很明显？"她说。

"你们两个搞上了。"

"绝对没有。"

"绝对有。"

"我们没有。"

"这里都是朋友，"他指着桌子，"两个长得好看的人，我不懂有什么好隐瞒的。"

或许这个男人不是目击者，而是被派来要你们正视自己。

"我们没有做爱。"你说。

"嗯……"那男人说，喝了一口啤酒，"这样啊，那你们是模范伴侣。"他窃笑着。她把你的手握得更紧。你这时才发现,原来你们已经是一起面对这个男人了。

"等等,你们两个是怎么认识的?"雅各布问。

"一个朋友介绍我们认识的。"

"你男友吗?"妮科尔问,哪壶不开提哪壶。

"你男友介绍你们两个认识?"雅各布作势要冲到你们这边来。

"我们没在一起了。"

"哎哟喂呀。"他说,真的乐在其中。

在清爽的夜晚空气中手牵手漫步时,她突然拉住你不走。她花了点时间镇定下来,双眼如镜玻璃般银光闪烁,你的映影扭曲而颤抖。星期一晚上,你们站在这里,红砖巷[1]。她星期六晚上到,而你想都没想就向着她画一条线;想都没想就继续每天回来;想都没想就把手伸向她的脸,而她轻轻磨着你的掌心,短暂的愉悦闪过脸庞。她停下来,同时牵起你两只手。

"你得保证一切都不会改变。"她说。

"我没办法这样承诺。"

"你得承诺。我太爱你了,经不起任何改变。你就像我最好的朋友,"她含糊不清地说,"比那多更多。"

"好、好,"你说,试着镇定下来,"我保证。"

她房里朦胧幽暗,百叶窗放下,窗帘拉上,一瓶水放在

---

[1] 红砖巷(Brick Lane)又译布里克巷,位于伦敦东区。

她的五斗柜上，防止宿醉。没什么用，但聊胜于无。总之，她宣布她得换上睡衣，而你转过身，因为此时此刻，你渴望沉醉的不是她的肉体。她轻拍你的肩膀，一手滑上你的腰，把你转回去面对她。她站在你脚上，头倚在你胸膛，听你心跳像贝斯一样咚咚响。

"慢，真的很慢。那里一定很平静。"

她爬上床，让羽绒被像门一样敞开。就像前一晚，以及更之前那次，她等候着，望着你在这午夜时刻解去任何束缚。你爬到她身边，她摇摇头。

"灯，麻烦你。"

在你轻轻关掉电灯之前，你们的眼神在沉默中交会。凝视不需言语，那是诚实的交流。

"晚安。"她说。

"晚安。"那一瞬间，你从狂热的梦中浮了上来，旋即再次沉没。

今晚不一样，但也没什么不同。她让一条腿滑进你两腿之间，紧挨着你，呼吸深沉而和畅。你觉得你的身体逐渐放松、坠入梦乡。就在这时，她抽出腿，转过身去。你仰躺着面向天花板一动也不动的黑，感觉她的手轻轻叩着你。

"你没事吧？"

"手。"她说。

"啊？"

"手来。"

于是那只没被你俩身体困住的手朝她伸去，她像拉一条毯子那样，让它环抱她的身体，紧紧勾住。她一脚轻轻掠过你的脚,最后在你的小腿间安定下来。她身子从床上下滑一点,好塞进你胸口和下巴之间的空间,浓密柔软的鬈发搔着你的颈子。你们如此契合,仿佛这是你们的日常。拉住你臂膀的那只手又去找你的手,摊开你的手指与她的交错、扣住。今晚不一样,但也没什么不同。在什么条件下,无法压抑的会继续被压抑呢?没说出口的事情很少如此继续。它们会以意想不到的方式成形,在触摸、掠视、凝望、叹息中彰显。你们原本只想在黑暗中相互拥抱。现在你们打开了盒子,让它在夜里毫无防备。你们相信对方,相信一觉醒来仍会完好如初。你们凭感觉行动,你们深陷现在的回忆,你们跌入狂热的梦境,浮上来,只会再次沉没。

# 12

你想要聊聊压抑。

你走在巴特西桥[1]畔。从边缘俯瞰,河水波浪起伏,电话线清清楚楚,话语急切,语言薄弱而不充分,感觉真诚。你站在巴特西桥上,看着水面的涟漪,你不禁纳闷,现今这种局面,第一波涟漪是因什么掀起的。她人在机场,等候前往都柏林的班机,问着同样的问题,回想你们初遇的那一晚。她试着了解那一晚你们之间交流了什么,刹那间明白,她是不可能领会的。她想到你从伦敦中区到东南区那段酒醉的路程,还有更近的,你们几乎形影不离的那五天,除了两个朋友同床共寝、体会有些人永远无法体会的亲密,其实什么也没发生的那五天。也就是要问,什么叫联结?什么叫断裂?什么叫崩裂?

"我们一直在这个点兜圈子。"

"哦,这样吗,都算我头上。"她说。

"我们都知道过去几天有事发生,是我们无法忽略

---

[1] 巴特西桥(Battersea Bridge)位于伦敦西部,横跨泰晤士河。

的事。"

"什么也没发生啊。"

"那就是重点。假如我们睡过还比较简单。反观现在,我不知道究竟发生了什么事。比较真实一点的事。"

彻底的静默,只有她厚重的呼吸。

"所以我们现在该怎么办?"

"我要逃走了。"

"什么意思?"

"我没办法继续了。有太多因素,太多左右为难。你是我的朋友,最亲密的朋友。也算前任?塞缪尔听到这个大概会乐不可支。不是,这太复杂了。"

"所以你打算做什么?"

"我得去赶飞机。"


隔天,在咖啡馆杯子的铿锵声中,你几乎听不到她在电话里说什么。你躲去街上,在店门前的一小块空地来回踱步。红砖巷很安静,就连平日也是。你穿着 T 恤,因为春天正闪现阵阵夏意,万里无云的蓝,天顶的橘色光晕。你们有说有笑,因为这么做比较容易:打开盒子,迅速关上,讲几句俏皮话封起来,就是这样,直到——

"我等不及要突破干燥期了。"

"嗯哼。"

"祝你也很快突破。"

"哦,呵,"她嗤之以鼻,"你的祝福迟了一点。"

"什么?"

"我，呃，对，我昨天已经突破了。"

"可是你昨天才回去欸。"

"是啊，就是昨天发生的。"

"哦，这样。"

"你没事吧？"

"没，"你撒谎，"我没事啊。"

"这很怪。"

"的确。"

"但我应该没欠你什么，我们只是朋友。"

"对，只是朋友。"

"我想我该走了。"

"好。"她犹豫了一下，不再说话，挂断电话。

你伫立了一会儿，像辆一动也不动的汽车，被什么从后面猛然撞上。

同一天，你下了一辆 Uber——天色很快暗下来，而在一片漆黑中从车站走到你朋友家的距离太远。你已经走了两三步，朋友家映入眼帘。若从这里扔块石头，必能打破玻璃。你想要一个有一杯葡萄酒，唱片在背景旋转的夜晚。你想要好的食物，和更好的陪伴。事情还没发生，你就已深陷回忆。这时他们拦住你，像一辆正在前进的车子被挤出道路。他们告诉你这一带最近突然发生一连串抢劫案，他们说你符合很多居民描述的嫌犯特征。他们问你要去哪里、从哪里来。他们说你不知是从哪里冒出来的，简直和魔法一样。他们没听到你抗议，他们没听到你的声音，他们没听到你说话。

他们看到了某个人，但那个人不是你。他们想看看你袋子里有什么。你的财物散落一地。他们说他们只是在执行勤务，他们说你现在可以走了。

你离屋门还剩一半的路。你被掏空，仿佛他们倒空的不只是你的袋子。你的手脚已不听使唤，你不知道已经站在门前多久，才接到朋友来电，问你人在哪里。你告诉他们你突然有事，到不了了。你叫了Uber，回家去。

你没有告诉任何人那件事，如同你没有告诉任何人，上回被他们严厉拦下来那一次。那时你朋友在开车，一手握着方向盘，另一手配合说教，比着手势。你记得你们聊到信仰，聊到上帝，聊到美，聊到无法解释的事物。你记得谈到宗教、力量和黑人民族性。你记得你开了个玩笑，让他严肃的脸孔豁然开朗，笑声从胸腔辘辘滚出。你不记得玩笑的内容，但你确信，就像你惯有的幽默，那机智、那尖锐，以所有你可以解释的，和所有你无法解释的为基础。你记得那些没说的，那些未说出口的，让沉默分外凝重。那一刻延续了、滞留了，你们知道彼此都想说自己害怕又沉重，但缄默是一首你们滚瓜烂熟的歌。你反倒说你饿了。他把车开到路边，而就在这时你听到"吱……"一阵尖锐刺耳的轮胎声。

这星期第二次了。你不累吗？

被尖锐刺耳的"下车、下车、下车"淹没。他们叫你们下到地面是为了象征性的目的。装死。你发出一阵微弱但锋利如奶油刀的抽噎。你听到那声音在胸口嘎嘎作响，用力把不正经的脸孔关上。全食。你做到了，你欣喜若狂。这就是死的意义,你想。全食。天空变黑。哈。你看着他们其中一人的一只眼睛,看到恶魔的形象。他的食指扣住扳机,仿佛正抓着救生索。他看起来很惊恐,在皱巴巴的前额后方、严厉的眼神后方,他看起来很惊恐。他看起来对他不知道的事、和他不一样的事感到惊恐。他看起来惊恐是因为他没有怀疑自己,没有质问他的信仰,没有填补空白、消弭差异,而继续视你为威胁。你符合档案资料。你符合特征描述。你不适合用这个箱子装,但他硬是把你挤进去。他看起来很惊恐。他们全都一样。你不会接受他们的道歉,不会接受他们向你伸来的手,因为就连这些也都是黑暗中的武器。是好容易犯的错。这是这星期第二次,你的朋友得装死。让我们问问其他符合特征描述的人:你们也得装死吗?你们也不被人放在眼里吗?你们累了吗?

但当你那星期第二次遇到那种事,你得告诉某个人,就算那个人是你自己——

我只是走路回家。平常的路线,走捷径穿过公园。还要多久到家,三十秒?大概吧。一辆车静止在路口。那很怪,因为时间很晚了,一片漆黑,车子头灯关着,但没有停好,车上有驾驶员,还有一名乘客。当我斜着眼看它,头灯咯哒一声打开,全亮。刺眼,然后车子向我开过来,很慢,龟速。哦。我可以跑快点。总之,我加快了脚步,但我知道车子会在我到家前追上我。而当它追上,驾驶员摇下车窗,却什么话也没对我说,两个人都没说,只是用真的很慢的速度开过去。

很怪，而直到车子开走，我才看到车上有警察的标志。

从她打电话给你，要你在出码头区轻轨后叫 Uber 去她家，到今天不过一个礼拜。你一直在坠落。今天，星期六，你上午很晚才起床，爸妈已经醒了。他们才从加纳回来没多久。有事情不对劲。你感觉得出来。你走进他们的房间，你父亲正坐在床沿。他的肩膀塌着，他整个人都塌陷了。脸颊有一条干涸的泪痕。你把他拉起来抱紧，让他在你安慰的怀里呼吸。

"你爷爷去世了。"他低声说。

悲伤像鞋子里不安分的小卵石在你心头磨来磨去。你不知道自己该往哪里去，你看不到自己该往哪里去。你打给她。尽管发生了那些事，你还是打给她，你最亲的朋友，告诉她你累了，心累了，告诉她你明明已与死亡和解，那还是令你心痛。她拿着电话听着你哭，当泪水停住，悄然无声，她仍在电话上，然后用她喧闹的幽默分散你的注意力，而当对话终于能自然发展，她提醒你，她一直在那里，永远支持你。

但就连在这里你也有所隐瞒。你没办法告诉她，有天晚上你爸走进你房间，把他用来打国际电话的小只黑色电话拿给你。

"是爷爷。"

你全身僵硬起来。电话仍在那儿，你爸手里，静电干扰清楚可闻。你认识电话另一端的男人：你们一年讲几次话，照惯例问对方那些问题。过得好不好，健不健康，但一切仅止于惯例。他是家人，没错，但你和他不熟。你把电话带进房间。

"哈啰。"

"哦。你都没打给我?"

"什么?"

"你都没打电话给我，我都没听到你的消息。我时间不多了，你得多打给我，我可能随时会走。"

"好。"你说，一边冲出房间，把电话还给你爸。

回到房间，你感到的羞耻更加鲜明。他说得对。你没打给他。他八十好几了，经历过几次中风，需要医疗协助才能续命。

在厨房里，你纳闷眼泪为何而流：是因为失去他，还是因为失去自己？

你这个人就是一直道歉，而你的道歉常化为压抑表现。那样的压抑不分青红皂白，那样的压抑不知道何时会溢出来。

你想要说的是，对你而言，躲在自己的黑暗里，比披着自己的脆弱露脸来得容易。不是比较好，但比较容易。然而，你压抑得越久，就越有窒息的可能。

某些时候，你得呼吸。

# 13

热病发作几个月后,有天你从你位于贝灵厄姆的住处,走到朋友伊莫金位于吉卜赛山丘[1]的家。现在五月了,你看到一条延长线拖过草地,宛如什么散漫的想法,还看到一名女子拿刀修整生长过度的树篱。一名男子路过,背着他的女儿往山下去。她的耳朵夹着小小的金环,她紧抓他的肩膀,两脚跨在他躯干两侧;他的双臂向后,环抱她的腰。阳光在身后追着他们下山。你继续走。

你和她的家人坐在她的花园里。两兄弟、她的父亲、伊莫金。你解开衬衫一颗纽扣,觉得几颗被困在织物和皮肤之间的汗珠解脱了。你们都坐在那里,沐浴在头几道初夏的阳光之中,那慵懒的暖意逗留了,久久不散;时间模糊了。你正抓着一只空啤酒瓶,伊莫金则啧啧啜饮玻璃杯里的余沫。

"让我们避个暑。"她说。

室内,你和你最老的朋友同坐一张沙发。伊莫金紧挨着你,此景并不陌生。还在学校时,当你傍晚练完篮球现身,

---

[1] 吉卜赛山丘(Gipsy Hill),南伦敦丘陵区,可眺望伦敦市区和达利奇区。

是她跷着腿,脖子弯曲看着手机屏幕,耐心等候。她会用她亲切、专注的凝视抓住你的目光,而这时人已动了起来。

"今天顺利吗?"

低声、气喘吁吁的回答,逐渐变成顺畅深入的聊天。并肩走向偌大的田野。缓慢有节奏的步伐绕着圆周走,一圈、两圈。时间走样了,又被不知你们人在哪里的爸妈拖回来。依依不舍,把她娇小的身躯塞进你的胸口;不搭电梯,想走路,创造顺畅的话题,找到相处模式。

沙发上,她用同样专注的凝视打量你。

"你是怎么回事?"她问。

"我不晓得该不该和我朋友碰面。"

"为什么不该?"

"就感觉不好。"

"那就别去啊。"

"但我想见她。她从都柏林回来,只待几天。"

"跟着直觉走就对了。"


你不是先知,但你该更相信自己。


你离开伊莫金,搭三号巴士蜿蜒进入布里克斯顿[1],要和她与诗人碰面。仿佛热病不曾发作,仿佛你已回到你们,你们三人同桌吃晚餐的那一晚。一如以往,当你们分开,诗人看见你,看见她,看到涟漪和那颗沉没的石头,叫你俩远离

---

1 布里克斯顿(Brixton),伦敦南部一个地区。

烦恼。

从布里克斯顿的Nando's餐厅前往里兹电影院。到酒吧，你点了威士忌，她扮了鬼脸。她点了甜苹果酒。那里有阳台，你们坐在一张摇晃不稳的桌子旁，喝得很快，以免溢出来。你们坐得离路边有段距离，所以你们是先听到尖叫，再来是砸破玻璃，再来是互相叫骂，怒不可抑、歇斯底里、情绪激愤。你们从阳台望去，与布里克斯顿其余民众一起观看太多警察对付一名女子。一只膝盖压在女子的背上，阳台上的一小群人无不提出自己沉重的结论，抑或是，对自己无能为力的绝望。

"真希望我能做些什么。"

一位陌生人安慰另一位。"你没办法。像那样的人，长年住在布里克斯顿的人，注定失败。"

而你怒不可抑、歇斯底里、情绪激愤，但你看得很清楚，宛如没有结霜的窗户，你看到别人没看到的，那名警察的膝盖，正顶着女子的背。

"你还好吗？"她问。你摇摇头。

"喝完酒，我们就走吧。"

你们穿过布里克斯顿，经过一个加勒比园游会。她放荡不羁、慢慢悠悠的身影引人注目。当她开始加快脚步，脸上绽放微笑，你怀疑人们见到的是否就是真相。你觉得不是。那杯酒你喝得太快，你知道，但你想都没想就和她走进森宝利买了一瓶酒分着喝，两人都喝得太快，醉得太快。溢出来了，在巴士上溢出来。在往她公寓的路上溢出来。你俩都停下来质问对方，又掩盖过去。这样比较容易，眼下如此。

"听说你遇到塞缪尔了。"

你迟疑了一下。"你听谁说的?"

"塞缪尔。我昨天见到他,和他在同一站下车。"

"他问我我们有什么进展吗,我没办法给他直接的答案。"

你也不能。一个礼拜前你在类似场景遇到塞缪尔:都搭火车在象堡区[1]下车,在月台上碰到。这是几个月以来你们第一次见面,他粗鲁、刻薄地对你说话,然后切入重点。

"所以你和她在一起了吧?"

"谁?"

"别把我当白痴。"塞缪尔说。

"我们没在一起。"

"可是你想?"

"你又知道了?"

"我说了,别把我当白痴。你们第一次碰面,我就看到你用那种眼神看她了。十二月我去她家时,也看到同样的眼神。我也听说你们是怎么讲话的。随你便吧,老兄。你们搞不好最后会结婚。你们都是成年人了,可是,去你的,诚实点好吗?我受够别人对我撒谎了。看到你在乎的两个人彼此情投意合已经够难受,还什么都不讲?太蠢了。所以,告诉我,情况怎么样?"

---

[1] 象堡区(Elephant and Castle),英国伦敦地区名,亦是市中心一个重要交通路口。

"老实说，"你说，"我也不晓得。"

但其实你晓得。给欲望发言权就是给它用以呼吸、赖以存活的身体，就是承认并屈服于超乎你理解范围的事。若向塞缪尔坦承，就得摊开渴望的皱褶，而他正是亲眼看到渴望涌现的目击证人。向塞缪尔坦承，就是要他宣布你无罪。那会让你放弃抵抗，赋予你行动的自由。对你来说，保持沉默、不要泄露欲望比较容易。塞缪尔满心期待地等着，又等了一会儿，确定等不到，便迈步离开。

当你们走在通往她公寓的小径，摇摇晃晃、醉醺醺的你问："你会不会气我什么都没说？"

她摇摇头。"还好啦。"

"所以你生气了。"

她笑了笑。"听他那样说，感觉是很奇怪。就好像你在外面寻找自己。我知道那只是巧遇，但还是一样。"

"对不起。"

"别说这个了，"她说，一手勾住你的腰，"天啊，我好想你。"

"我也是，"你说，"我也是。"

室内，你们坐在房间两头。你们都在和一个寄宿的年轻人说话，深知新增的第三人会改变彼此的互动。她用眼神推了你一把，示意她前面的空位。你为什么坐那边？她说，过来啊。所以你过去了。去坐在地毯上没放东西、她两脚伸过来的那一块，把你的手搁在她裸露的肌肤上。这样可以吗？你问。就是这样，她说，就是这样，所以你人在这里，你醉了，已经有东西溢出来，但你擦掉了。她一手摸着你的光头，探查其轮廓。对话有去有回，流动、俯冲、曲折，但当他就寝，事实很明显，你们一直在等独处的那一刻。

"今天你不能住这儿。那房客睡我房间，我得跟我妈睡。"
"我知道。"

她转身，邀你去沙发，邀她自己把头枕在你的大腿上。

"别让我在这里睡着。"

换了姿势：她翻了身，脚伸到你的大腿上，头靠着沙发上的枕头。

"我待会儿就得上床睡觉了。"她说。

姿势又换：她坐起来，双臂缠住你，亲吻你胸口的衣料，亲吻你脸颊暴露的肌肤。你倾身，她也倾身，但她转了方向，让唇再次吮着脸颊，又一次。你偎得更近，擦着她的鼻子，结果还是一样：她学你，而半途，抗拒了一会儿，或许她也在感受她自己朦胧中的清晰。你们玩起这个游戏，这风险太高的游戏，在沙发，在她家厨房，在她家走廊。你想要走完一段旅程，她也想，却在抵达目的地前转身走了。

"喂，你还好吗？"

她点点头，把你们纠缠的四肢解开。"我想你该回家了。"

你从德特福德走回贝灵厄姆，一路上一直在想，你俩会如何回忆这天晚上的事。你在想，这般渴望你最好的朋友是何意义。你想要长久控制、抑制、压制这种感觉，因为有时躲在自己的黑暗里，比赤裸裸、毫无防备地露脸，在自己的光芒中闪烁来得容易。你在想，她会不会和你一样。你想要溢出，不管那可不可以擦去。你一边想，一边穿过黑夜，带着这些不熟悉的感觉，徘徊于熟悉的街。倏然，阳光划破地平线，而你发现自己身在公园，俯卧地上。相较于你火热的欲望，草坪感觉凉爽；相较于你疾驰的心跳，生命静如止水。

# 14

　　夏天了。你在牛津圆环的 NikeTown 工作，靠摄影赚钱。你原本只是在那里打打零工，从前年开始，做毕业后的权宜之计。现在，这成了固定工作，你打卡上班、打卡下班。你打卡，醉生梦死度过每一天。其实你在这里也没有那么不开心，但问题就在这里：这份工作太舒适，而多数情况下，考虑到你和同事都是一部巨型机器的齿轮，你们所受的待遇相当不错。

　　空调坏了。大面窗都被设计成尽可能让日光透进，给人在户外而非围墙里购物的错觉。你在做白日梦，想象在其他地方度日。你想搭飞机去别的地方，散散步。前一年夏天你就这么做了，在八月飞去西班牙塞维利亚，让热攫住你全身，从早上到中午越抓越紧，到午睡后才松开。你会早早醒来，下楼到公寓底下的餐厅，虽然你的西班牙语说得还不错，仍胡乱进行一段睡眼惺忪的对话，点了一份 Tostada[1] 和黑咖啡。你会花一整个上午探索城市外缘，然后回到公寓午睡。醒来后，你会栖息在你房里小小的书桌前，动笔在破烂的黑

---
1　炸玉米粉圆饼，也可指加上任何菜肴的玉米饼。

色笔记本上写东西,敞开阳台的门,让外面多种语言的叽叽喳喳飘入。你可能会吃点心,再多走一些路,转往市中心,去一家酒吧,晚一点再去一家餐厅吃 Tapas[1]。接下来,你会坐在瓜达尔基维尔河畔,让双腿悬荡。那里的河堤并未设防,想泡水的都可以跳下去。很多人与你所见略同——让腿荡啊荡,不下河里游泳——于是河堤有一排腿踢上踢下,听着河水来来回回,嗖嗖轻轻拍打。

夏天了,而你渴望日子过得简单一点。你想阅读,你想写东西,你想与陌生人一起吃晚餐,不排斥再换家酒吧喝一杯。你想要跳舞,你想要在地下室找到自己,放松脖子,跟着一群乐手的演奏快速摆动你的头——不是因为应该如此,而是因为必须如此。夏天了,你盼望能少点烦忧;你盼望更长的夜、更短的白昼;你盼望大伙儿群聚后花园,看着烤肉在户外架上滋滋喷溅;你盼望放声大笑到胸痛头晕;你盼望在欢乐中找到安全感;你盼望能够忘记,就算只是短暂,忘记那不断折磨你、使你胸膛紧绷、左侧疼痛的恐惧;你盼望能够忘记一离开家,便可能无法完好如初地回家的事实;你盼望自由,就算短暂,就算可能不会持久。

你盼望着。

夏天了。你在工作。你远远瞥见某人的律动,心想,我知道那首歌。时间点吻合——学年结束了,所以她一定回伦敦了——但那依旧令你惊讶。同样令你惊讶的是你不由

---

[1] 指正餐前作为前菜食用的各类小吃,是重要的西班牙饮食文化。

自主大步踏过楼面，快速前进。她头发短了，卷曲紧贴，经过修剪，但其他仍一模一样，脸上洋溢着快乐和俏皮，眼中闪耀笑意，修长的身躯以她独有的笨拙的优雅律动。当你拥她入怀，紧紧抱住，越搂越紧，你明白你们之间的温暖犹在。

"你在这里干吗？"你问。

"哈啰。"

"哈，哈啰——你回来啦？"

"是啊。"

"什么时候回来的？怎么回来的？回来干什么？"

她咧嘴对你笑，看着你的兴奋溢于言表，化为紧张的不知所云。

"来这里啊。"她说，再次把你拉入怀里。

"多久了？一个月？"

她点点头。"差不多。"顿了一下，"太久了，真的太久了。"

你们分开，她把手伸向你的脸，但没有真的碰到，而是勾勒你的轮廓，赋予你形状与细节。夏天了，而她向你画了一条线，或许一直存在，也将永远存在的线。夏天了，语言依旧薄弱，依旧不充分，所以你们站着，静静承受一切的重量，让你们的身体供认事实。

夏天了，所以你们全都动得比较慢。休斯敦"降速和跳拍"[1]音乐的传奇开创者 DJ Screw[2]如果还活着，想必会用比较慢的节奏创作歌曲，感受音乐，让你们听得到说唱歌手唱什么。我会自己录音，让人人都能感受。对 Screw 来说，把唱片慢下来，就是允许它呼吸。

这样的缓慢之中，有种畅快的自由。频率降低了，重要的就不再是脑袋，而是胸膛。你用你的胸膛说话，你感觉贝斯砰砰拍击，宛如心跳；你用胸膛说话，知道你的声音充满力量；你用胸膛说话，相信自己。你讲了话，顿时明白，慢下来说话，你可以呼吸。你觉得这种说法很怪：允许呼吸，那么自然的事情，生命的基础，竟然必须征求同意。也就是说，必须征求同意才能活下去。

夏天了，所以让我们慢下来，吸口气。假设你在七月一个周六午后打篮球，摊开四肢躺在边线，大口喘气。你把手伸进袋里，取出你巨大的三十五毫米底片相机。拿在手里永远那么重。你开始拍照，后来，当你把底片浸在化学物质里，发现你不经意拍到一张。在拍完前一张后，你的手指继续按住快门几分之一秒。那天是晴天，所以或许大于二五〇分之一秒[3]。而后，你冲完底片，洗出的画面如下：

球已出手，它向后旋转，划过天际。这场二对二斗牛的四名球员全都静止不动，看着球以快过肉眼能辨识的转速飞行。投篮的人以意志力驱使球飞向篮圈。其他人各有各

---

[1] 降速和跳拍（Chopped and screwed），是嘻哈 DJ 使用的技术。
[2] 本名 Robert Earl Davis（1971—2000）。
[3] 相机的其中一种快门速度。

的想法，但你知道投篮的人希望球进。天很蓝，有一抹云。七月周六午后，气温二十六摄氏度。如果球进，他们会把它捡起来，重新发球开启新回合；要是没进，会有一名或多名球员冲抢，继续这波攻防。他们这么做是因为他们需要、他们想要。他们这么做，是因为他们感受得到。

你有好多好多话想讲，但找不到话讲。

夏天了，语言固然薄弱，但有时那是你仅有的一切。你坐在你家院子里，嘴在炎热中张得老大。你面前那张小桌子上，冰块在水里逐渐缩小，你的笔记本静止如空气，又湿又黏。你正在写信给她，为她打造一个你可以共享的世界。你在写你不该在这时看到，却在这时看到的那个挂在天上的球体。月亮逗留天际，在日光下显得黯淡，幽暗中显得丰满。你试着慢慢写，好让她听见你在说什么，但也是因为慢慢写有慢慢写的乐趣，重要的不再是脑袋，而是胸膛。

说到这个，你正在播"探索一族"[1]《底层理论》。你不知道 Q-Tip——不言而喻的乐队团长——怎会切掉高音部的一切，让低音部的贝斯掌控全局，让贝斯宛如祈祷般说话，宛如对自由的渴望。这不是一张愤怒的专辑。当然，有过多角色亮相，为了被看见而亮相。这张专辑就是在讲被看见、被听见，就是在讲自由。就算短促，就算它只存在于

---

[1] 探索一族（Tribe Called Quest）是一九八五年成立的美国嘻哈团体，公认为另类嘻哈音乐的先驱。《底层理论》专辑原名"The Low End Theory"。

随着菲夫[1]的《奶油》的主歌而点头的动作中,就算它只存在于《剧本》里巴斯达韵[2]那夺人耳目的主歌带给人的惊喜中。哈尼夫·阿卜杜拉基卜[3]曾评论过这张专辑,感叹,多奇怪啊,生命竟要透过你的瑕疵,透过血液,透过浮肿的脸、弯曲的身体呈现于世。多奇怪啊,你和其他黑人所过的人生,永远被人看见,却视而不见;永远被人听见,又压抑无声。多奇怪啊,生命竟得自己开拓小小的自由,竟得告诉自己你可以呼吸。但多美丽啊,当自由乍临,当你在呼吸,当你与菲夫唱和,或唱这段副歌"我们有爵士、我们有爵士"的时候,生命多美丽啊。当你身在人群,发现你游移的目光与二三十公尺外的另一人交会,生命多美丽啊,哪怕你俩都不知道你们的肩、你们的臀都在跟着贝斯摆动,因为这从来不是你们得去思考的事,这是你们自然会做、自然理解的事,而你俩都举起小手,向促成这一刻的环境致意。多美妙啊,像这种你们不必隐藏的时刻,多美妙啊。在大鼓的连续轻敲声中了悟,有时活着就是一种喜乐,多美妙啊。

夏天了。你人在户外,穿着短裤和无袖运动衫,汗仍从毛孔冒出来。穿过扎实的音墙——从室内,你刚把《底层理论》调大声——她的声音向你飘来。一定是你弟让她

---

[1] 菲夫指探索一族里的说唱歌手菲夫·道格(Phife Dawg)。《奶油》原名"Butter"。
[2] 《剧本》("Scenario")为《底层理论》专辑里,探索一族和美国说唱歌手巴斯达韵(Busta Rhymes, 1972— )合作的歌曲。
[3] 哈尼夫·阿卜杜拉基卜(Hanif Abdurraqib, 1983— )是美国诗人、散文家和文化评论家。

进屋里了——你爸妈又不在，这次是回乡度假，这样你和她在一起就轻松多了，没有需要介绍的压力。她走出屋子，进入院子，拿着手机，微笑聆听。她吻了你的头顶，坐到你对面的位子，把裤裙拉到膝盖以上。

"热。"她用唇语说。

你走进厨房，给她倒了一杯大半结冰的水。你回来时，她已讲完电话。

"哈啰，朋友。"

"怎么了吗？"你把那个杯子放在你的旁边。

"哦，没事。"她张开双臂，"夏天了。"

"真的。"

夏天了，所以，就如遇到她之前你在塞维利亚所做的，你们一起在外面度过下午，吃吃喝喝，然后进屋里避暑。

"我得小睡一下。"她说，热夺走她做任何事情的欲望，热让你俩都慢下来，慢到可以听到彼此的声音，听到你们的祈祷。

从她上一次来这里，你的房间做了些微改变。你清掉了书桌上大部分的书塔，只剩左侧一座小山叠着你最近读过，以及希望很快能读的书。地上还有一叠唱片。最近你在尝试写歌，仔细聆听黑胶的精华片段，希望能交叠结合成新的节奏。

她爬上你的床，爬到被子上——然后突然坐起，摘掉在耳垂晃荡的大金环。你躺到她身边，选定熟悉的位置。虽然和前一次间隔有点久，一切并未改变。你们如此契合，仿佛这是日常。唯一的差别是阳光透过了你的遮光帘。这是白日梦，不是夜晚的幻想。

她把你的臂膀拉过来，勾住她的胸口；你把臀移得更近，让你的胸贴着她的背。她呼吸加速。

"你还好吗？"

"只是刚有个古怪的念头，"她说，声音被蒙住，"我突然想到，如果你想，其实可以趁我睡觉杀了我。"你忍不住笑了。

"不好笑。"她的声音逐渐消逝。

"别担心，你在这里很安全。"

夏天了，所以你可以坐在她的阳台上，喝葡萄酒，慢慢啜。你们已经在伦敦绕了一整天，从你家到南岸的国家剧院，沿着泰晤士河漫步，任河水轻轻拍打边沿。现在你们回到她家，聊啊聊到深夜。你们聊了艺术、表达、压抑，而你在这时提起《月光男孩》[1]。你第一次是在东伦敦的免费放映看的，对心情竟能透过颜色传达印象深刻，讶异自由城[2]营造的鲜艳色彩，竟能为一个你越来越感同身受的故事提供背景。蓝色，粉红，紫色。离开电影院时，你无法言语。搭火车回家时，你无法言语。你走路回家，直接进房间，寂静的泪如轻柔的雨水掉落。你在每个时期的奇伦[3]身上看到自己。你在贯穿

---

1 《月光男孩》(*Moonlight*)是巴里·詹金斯（Barry Jenkins，1979— ）执导的美国剧情片，曾获二〇一七年奥斯卡金像奖最佳影片。

2 自由城（Liberty City），美国迈阿密市的一个街区。

3 奇伦（Chiron），《月光男孩》的主人翁。后文胡安（Juan）亦同。

整部电影、他表达的各种压抑与抹去中,看到了自己。你看到你为了融入把自己压小。你在胡安对奇伦这样说时看到了自己:头给我……让头枕着我的手……我明白,我跟你保证。你感觉到了吗?你在世界中央啊,兄弟。

跟着海水浮浮沉沉,奇伦漂流着,接着扭动身子,挣脱代理监护人的扶持。当那一刻来临,胡安放他走;奇伦头浮出水面、闭着双眼,用力张开嘴,游泳,用笨拙的动作一次又一次划水。胡安热切的笑声回荡你的耳畔。他做到了。奇伦在游泳。你觉得贝斯砰地弹了一下,宛如心跳,这时吉登纳的《一流男子》[1]降速、跳拍了,乐句慢下来,越来越慢,在你的胸口,人声拖长了,频率降低了。在你的胸口。最后一幕,奇伦像新鲜的水果迸开,泪水从果肉流下来。

你是谁?

我就是我啊兄弟。我不会试着去当别人。

看完电影,你在你的房间里无声啜泣,轻柔喘息,不是因为那让你痛苦,而是因为,那给了你希望。

夏天了。她摇动着杯里的酒,问:"你可以念给我听吗?你有好一阵子没念给我听了。"

你读给她听的最后一段在讲前一年,二〇一七年夏天的事。那时你看到发生了什么事,愤怒终于找到出口,像潜行的波浪终于找到形状,冲向海岸。你开始书写,因为相片

---

[1] 美国嘻哈歌手吉登纳(Jidenna Theodore Mobisson,1986— )的《一流男子》("Classic Man")是电影《月光男孩》里的配乐。

有它们自己的语言,而有时你拍出的影像,与你感觉到的一切相比,是如此薄弱。有时,就连这种语言也失去作用。所以你把你的想法写下来,希望建构一篇叙事,记下那些在你心里汩汩沸腾的冲突。你希望那如同随机暴力一般直接。可惜不是。没有那么简单。

让我们把目光转向那男孩一会儿:你看到他坐在墙上、上了手铐、被警员团团围住。看到他漂亮的长长发绺像敞开的窗帘框住他的脸,看到他有多想被看见、被听见。是什么让他想被看见、被听见?是什么带他来到这里?是什么促使他向别人宣泄怒气?那股怒气是从过去到现在,那些不言而喻之事的结果——那些大大小小没有解决的悲痛,他人想当然地假设:他,拥有动人黑色身体的漂亮黑人,生来凶暴而危险;这个掩藏不了的假设彰显于每一句话、每一个眼神、每一个举动。而每一句话、每一个眼神、每一个举动都被吸收、被内化,而这种死亡——被要求活得如此拘束就是一种死亡——不公平也不正义,所以你不会怪他发怒,但为什么他的怒气必须对另一个与他相像的人发泄呢?

让我们问:哪个先?先有暴力还是先有痛苦?这超乎你的理解,所以你把问题写下来,插入文本多处,希望别人不会问,为什么那个有漂亮发绺的男孩要用黑色的手挥动锋刃,刺入黑色的皮肤;希望他们不会问,为什么会发生那件事,而是问事情的根源。

你把这些念给她听,在你们相遇的几星期后。那不是你念的第一篇,但那比较诚实,比较像你。那是创伤,没错,但那是你,而你愿意让她知悉。你把作品拿给她,那样便已足够。你不需要向她解释你也会觉得快乐，也会生气，也会害怕，半夜走路回家有时也会担心，因为你不知道迎向你的会是哪一种命运，是与你相像的人，看不见你的人，还是无法以你该被看待的方式看待你的人。你不知道你能否平安到家，活着害怕明天。

夏天了。你在她面前拥有自由，意思是你无须躲藏。若你声音颤抖，那是因为你诉说的现实太沉重，令你难以承受。当一起挤在她的沙发上，你从你还在写的作品读了这个段落：

> 警察互相警告，就像在这段影片里，一看到年轻黑人男子手上有东西，一人就对另一人尖叫："枪！枪！枪！"两人都射了，共二十发，其中四发射中了一个不再属于他，或许从不属于他的身体。归根结底，不是突如其来的权利丧失允许这两人摧毁另一个嫌疑者的身体，不，不是突如其来的；早在这一刻之前，早在这位年轻黑人男子符合特征描述之前，对年轻黑人男子的观感就已确立。这两名警员和一架直升机早就认定他是打破汽车玻璃的那个人，就算没有证据，就算只是听说这附近"有人"在捣毁车玻璃，不，不是突如其来的，这一刻已经锻造了好多年，远比这几人活的岁月来得久，这一刻比我们所有人都要老，比这段为时一分四十七秒、为我呈现一起杀人案的影片来得长——

她修长的手指抓住你的脚，在你声音颤抖、开始漂走的时刻系住你，做你的锚。不过几分钟前，你还坐在她的阳台，空气凉爽,她对着夜晚抽烟,每吸一次,眼睛就微微颤动一下。她提议你念给她听,好一阵子没念了。你假装郑重其事,浏览手机上的资料,虽然知道你的手会停在页面的哪个位置。你开始用那种你觉得很像老朋友说故事给你听的干净嗓音念。你开始念,而你马上被带回那部影片出现在大西洋彼岸、被坚固的互联网船只转运过来的那一刻。他的身体是怎么瘫软,他是怎么跌跪在地,好像在爬。你声音颤抖,那是因为你诉说的现实太沉重,令你难以承受。你也很生气,因为警察互相警告,就像在影片里,一看到年轻黑人男子手上有东西,一人就对另一人尖叫:"枪!枪!枪!"两人都射了,共二十发。你很生气是因为史蒂芬和奥尔顿和迈克尔和你,你们都被警告过,但你们根本不知道哪里有危险、何时有危险、危险会如何到来。你们只知道你们身处险境。

你在这里不会有危险,泪还是落了下来。

"醉了。"你撒谎。

"没关系的,你在这里很安全。"

# 15

"你今天为什么要约我出来?"

"问朋友这种问题很奇怪啊。"你回答。

金色时刻[1]充塞你的感官,彩色的眼泪恣意流遍天际。你的手在流血,而你正在吸吮拇指溢出的血;你试着拿钥匙撬开一瓶苹果酒,而那锯齿的边缘浅浅割破肌肤。你们都被热和酒精影响,但这次见面并未因此变得不坦诚。

"你知道,我们通常是不期而遇,莫名就有了联结。约出来感觉有点……正式?"

你耸耸肩。"我只是想为你腾出一些时间。"

"非常感激。"她啜一口酒,结果一饮而尽,"我们该走了吧?"

那天刚见面时,她在生你的气,而你不知道为什么。你隐约有感觉,于是以电影里拆炸弹的方式向她致歉:闭上一只眼,咔嚓一声剪断金属线,希望能有好结果。

---

[1] 金色时刻(golden hour)又称魔幻时刻,是摄影艺术用语,指黎明破晓时及黄昏日落时的天空金光闪耀,色彩如魔术变化。

她要你帮她拍照,你要她倚在围住她家阳台的砌砖,等待你俩放松。当她向你递来她的脆弱,你的手颤抖了,迟迟无法让镜头对准她的五官。当印样出来,一格格相片有如扭打;两个人和他们对彼此的感觉搏斗。脸是不会骗人的。瞧那眼睛瞪得多大、嘴边皮肤绷得多紧,或是你最喜欢的:那卷底片的最后一张照片,你将镜头对准她的瞬间,她的眼睛正看着你。不是镜头,而是你。所有伪装就如风中薄纱一般轻飘飘地溜走。

太阳西下时,你对此时万里无云的寂寥天空细诉秘密与亲昵。她问你你是谁——

"这算什么问题。"你说。

"不是我不认识你,只是有些零碎部分需要补充。"

你纳闷"认识"是什么意思。可不可能完全认识、认识得透彻?你觉得不可能。但或许认识是来自不认识,是源自于一种你们努力阐明或理性化的出于本能的信任。就是这样。

从南到北,主干线、地下铁,上地面只是为了再下去。你们走进一家酒馆,他们指示你们下楼梯,往地堡一般的地下室去。

"你要喝什么?"你说。

"我们喝……朗姆酒加可乐?"

"单份还是双份呢?"吧台后面的女人问。

"双份。"她说。

酒保看着你们,两个咯咯傻笑、一派自在的傻瓜,从你们的愉悦中获得安慰。她倒的分量很慷慨，溢出了杯沿，然后对你们点点头，笑了笑，露出些微心领神会的表情。你环顾地下室，想起来，被人看见是挺高兴的事。

"我要趁他们还没开始去趟洗手间。"她说，走到转角拐了弯。

她离开时，扩音器传来噼啪回音。你的朋友西奥上台了，乐团迅速集合。他自我介绍，而这个人和你认识的年轻人不一样。这个人比较笃定，这个人相信自己诚实正直。那些歌充满了怀旧，也就是说那些都是在哀悼：通常以温柔多情的伤感回想过去某件事，想要回去，就算明白重回记忆就是改变、扭曲记忆。你每一次想起什么，记忆就会衰退，因为你想起的是最后汲取的往事，不是记忆本身。没什么能一直完好如初。但这并未阻止你渴望，或向往。

她在第三首歌唱到一半时回来，已抛弃原本穿的印花和式外套，塞在袋子里。现在是一条黑棉布覆盖她的胸，腹部和光洁的肩膀露了出来。她拿起她的酒，背倚在你身上，一片褐色皮肤贴着你的胸，邂逅你比平常多开一颗纽扣而溜出来的皮肉。你伸出一臂环抱她，手指栖息在她锁骨。她更放松地靠着你，而你们跟着节奏，臀部蠢蠢欲动，追忆刚刚流逝的片刻。你在这里，也不在这里。你在阳台、你在山丘、你在阳光里，你在黑暗中、你在户外、你在地下室。你永远快乐，你悲伤不绝。当她的头这样那样地摆动，黑色的短鬃发搔着你的下巴。你不知道这一刻可以持续多久，可以含括多少：你、她、这间有单身、有情侣，也有群体的拥挤地下室；吧台那位看见你们、你们也看到她的黑人女子；舞台上怀旧、忧郁又愉快的西奥和他的乐团；混凝土地板、临时墙板、掌声、太温暖的夜、介绍、裂开的烟、眯起来的眼、尼古丁、再一杯酒、再一杯酒、再一杯酒——

而你们坐在酒馆的沙发上，皮革粘着皮肤，啜吸着你们最后一杯酒，她坐在你旁边，跷着腿。你的手搁在她隆起的脊椎上。

"我背上这只手，好像有点图谋不轨啊。"她说。

"哦，是我不好。"你说。

"没关系，我喜欢。"

或许是因为你必须回到伦敦东南区，或许是因为你俩都失去兴致，或许也是因为，虽然也有和他人互动，这大抵仍是你们两人共有的体验，而新的地点或许能改变这些条件，或许能让你俩都在压抑的事情到此为止。

"老实说，"你们一小群人正从斯托克纽因顿走到多尔斯顿[1]，而就在你朋友潜入另一个地下室之前，你开口，"我想我们今天晚上差不多了。祝你们玩得开心。"

其实用不着告诉他们。你们脱队，考虑叫出租车。

"去找点吃的吧？"她对你说。

你们选的炸鸡店算舒适，但了无生气，灯光刺眼。他们把一组大片滑动玻璃门推开，夜晚大摇大摆地进来，毫无阻碍。

---

[1] 斯托克纽因顿（Stoke Newington）和多尔斯顿（Dalston）皆为伦敦地区名。

"你想吃什么?"她问。

"鸡翅加薯条,谢谢。"她笑了笑,点了一样的东西,递给你一张五英镑的塑胶钞。你抱紧她,说了谢谢,她则让她涂成紫色的嘴唇掠过你的脸颊。

"你想在回家路上吃,"她说,在她的薯条上挤了点儿辣椒酱,"还是就在这儿吃?"她边说边扇,把这念头赶走。

"外面比较凉快。我们找个长椅或什么的,吃完我再叫Uber。"

最后你们就座的地方是某户人家凉快的混凝土台阶。你指着对面一栋大楼跟她说,多年前,一名个子娇小、讲话轻声细语的男人是怎么在一个都是陌生人的地下室喜形于色,表演你从小听到大,但被遗忘甚久的片段和歌曲。你告诉她这件事,但不一会儿,音量却越来越弱,开始撕扯鸡肉,用力把骨头丢进排水沟。这里,在你的不言不语中,有什么相当沉重。

你感到她在旁边转过身。你不知道这一刻可以延续多久,或可能含括多少:你、她、黑暗中汽车轻柔的呼啸、凝视、对望、她几乎听得见的心跳,然后她说:"我爱你,你知道吧?"

她已游进开放水域,不久你也加入。

你不一会儿便说:"我也爱你。"

# 16

她让你睡沙发,你很高兴,因为在回家的出租车上,当她将身子探出窗外,你明白你们刚才游的是酒精,不是水。

好在事情是这样发展。

星期天晚上。下午她问你想不想去Peckhamplex电影院,一张票五英镑,而且还有观众互动环节,但她在最后一刻爽约,去见她家人。所以你们改成晚上在她沙发上看电视真人秀,而她一边热得气喘吁吁。

"我好饱、好热哦。"她说。

然而这里还有一个问题:尽管主张欲望会在夏日盛开,阳光会洒在脸庞,使肌肤黝黑而充满生气,温柔的笑靥只为阳光绽放,但你时常发现,不论你是没吃饱或吃太饱,是脱水或喝太多,是不小心打起瞌睡或在浓重的夜里睡不着,你都会化为一摊烂泥。这些皆无助于你和他人相处,但你一意孤行,下定决心要好好享受这几个月,要离开屋子,不管日子会带给你什么。那似乎有无限可能,美丽和喜悦也可能无穷无尽。

你们一起逍遥度过夜晚,其实什么也没做,而什么也没做本身就具有某种意义，就是一种亲昵。不把与某人相处的时光填满，就是信任，而信任就是爱。所以你该说，你们整个晚上是在相爱中度过，在她的沙发上吃吃喝喝、听着音乐度过。她放了肯德里克，而你们聊他聊了一会儿。但就连这个也会消逝，在全无分心中获得满足，在彼此的存在里获得满足。

好在事情是这样发展：你无意左右事情的发展。时间叫你离开，但今天是星期天，巴士末班车已过，你六小时后要上班，你早该离开。但你还赖在这里，在她房间朦胧的幽暗中，夜不算特别黑，有光从窗帘底下透进来。她欢迎你进她房里，要你把门关上，要你转身，好让她换 T 恤。信任就是爱，而她信任你。问你要怎么回家。Uber 吧，你猜。你查了还要多久。十分钟。你无意让这件事发生，但当她问你要不要躺在她旁边等，你没有拒绝。当她把你拉近，你没有徐缓离开。你的呼吸在这里变粗重。她游进开放水域，你随后加入。你们在这里，裹在一起，她的背紧贴你的胸。就算你把手伸进她的 T 恤，把一个乳头温柔地夹在食指与拇指间，其余手指张开来贴着她温热的肌肤，这种感觉仍然是那么熟悉。你的呼吸在这里变粗重了。你的 Uber 来了，你的 Uber 走了。你听到你的手机振动，司机试着找你，但你没有接。你的唇掠过她的颈，一臂被压在你和她之间，但另一臂，另一臂游荡着，往下、往下、往下游荡，一根手指掠过她的腹部，掠过她腰臀纤细的曲线，掠过隔开你与她的黑色织物，然后你变得更笃定，也更坚定了一点。你不知道你有这种感觉是因为天气热,还是热突然在你俩之间崩裂。什么叫崩裂?什么叫断裂?什么叫联结?爱就是信任,而她放心让你的手突破那道薄墙,滑进织物底下。你们的唇相遇了,迫不及待。你们的唇相遇了,你知道你必须吻她。你把她转过来,此时你的嘴找到她的腹部,慢慢往上,来到之前你的手所在,来到开启这一切的地方,可是不对,是她开启的,从她暗示你叫 Uber 到她家,就开启这一切了。可是不对,你不知道;你不知道她的根在哪里,但你无疑可以追溯你的根到那家酒吧,你在那里遇到这个垂着发辫的女人,眼神亲切的陌生人,而你在意会到之前就晓得了。可以吗?你问,用你的一对拇指钩着隔开你和她的黑色织物。她点点头,你让它滑下、滑下、滑下。滑落。现在没有墙要打破了,但还有更多需要探索,而你知道,你知道你在做什么,但只因为那是她,只因为你感觉得出你一触碰,她的身体就绷紧,只因为你无意促使这件事发生,所以你们不去思考,只凭感觉,所以你们没有说话,但你们的身体大声供出事实。你的舌尖滑过她的中线,从胸口的硬骨滑过她的腹部,滑下、滑下、滑下。她阻止你。你确定?她问。你在幽暗中点点头,继续了,你的舌遇到柔软的肉,缓慢而坚定,她的身体在你面前扭动,愉快地扭动。她要你回去她那里,所以你躺在她身边。你们的唇相遇,迫不及待。躺好,她说。然后她亲吻你,从你的嘴吻过你的颈,吻过你坚硬的锁骨、胸口柔软的肌肤,滑下、滑下,沿中线滑下。不久,你咯咯笑了起来,和你最好的朋友在黑暗中摸索。她又躺回你身边,大笑声中闪过一丝惶恐,随即被你们在爆炸中推开,在亲吻黑暗、催促对方、双唇迫不及待的相遇中推开。热已然崩裂,而你知道,你感觉到的就是结果。你和她一起游泳,在黑暗中和你最好的朋友手牵手,笃定地划啊划、划啊划。你无意促使这件事发生,但好在,它这样发生了。

# 17

她这星期在都柏林找住处。她很晚才离开那里,夏天没剩几个礼拜了。你们没有真的聊到这阵子发生的事。既然你们的身体没有说话,又有什么好说的呢?不过,纵使分隔两地,你们也很轻松地找到了一种节奏。

她回来时,你在机场等她,坐在无人的服务台上。脚晃啊晃,像个高兴的小孩。她踏着夜色大步而来,向你挥挥手。你也向她挥挥手,而这个小动作让你的心脏膨胀。

你曾说信任不是把时间填满,但你想要说,信任就是让时间充满彼此。心也是。在身体无边的黑暗中,充满血液、紧抓不放,如紧握的空拳毫不松动。你们填满了时间,在它流逝时紧抓不放;在你们必须分开的时刻紧抓不舍。在每周一次的购物、令人麻痹的电视、烹饪、打扫、阅读之间紧抓不舍。你们分开来歇息,但在一起时,你们常不由自主在下雨时靠近阳台,热在雷电交加时崩裂,像敲着小鼓踏着钹。

你们就像一对爵士乐手,永远在即兴创作。或者,也许你们不是乐手,但你们的爱在音乐中展露。有时,你的头钻靠她的脖子,你可以感受到她的心脏像低音鼓一样砰砰重击。你的笑像三角钢琴，她眼中的光华像双手轻抚白键。她与生俱来慢吞吞的优雅，像低音提琴漫不经心却节奏十足的弹拨，让她的身体以令人咋舌的方式律动。你们像一对独奏者，如此和谐地进行对话，舍不得分开。你们不是乐手，你们就是音乐。

# 18

被注视是一回事,被看见是另一回事。

"可以吗?"你问,举起你的相机。你花了很多时间透过取景器凝视,你认为这是完美的位置:客观的观察者在不远处就位,骑在这里与那里之间的篱笆上。拍摄对象意识到你的存在,但并没有因此分心。或许观察者会要求拍摄对象转向这边或那边,要求他们展现别的东西——不是更多,不是更少,而是不一样。拍摄对象默许了——抗拒得很自然。双方有某种互动,这便构成了画面。你想拍的照片是:她照你的吩咐,直直望进镜头。舒服自在地托住脖子。一只银色耳环在耳垂轻荡。她好美——这是主观认定,偏误无可避免。在你按下快门之前,她眼中就绽放了你一直在找的光华。这是从你俩都难以形容的某种东西切下来的时刻。某种像是自由的东西。

和一个朋友聊天:
"我昏头了,所以原谅我——影响我最大的是这位英国籍加纳裔画家丽妮特·伊亚当-博阿基耶[1]，她的作品和毒品一样。她画黑人人物，但全都是虚构的——细看那些人物的细节，这点难以置信。她借由这种方式将她的内在外显——这不是黑人常能做到的事。同时，她的技艺太精湛——她画的形体蕴含强大的力量，而且展露无遗。至于动作这玩意儿，我猜我一直想做出能反映黑人音乐的东西，对我来说，黑人音乐就是最能表现黑人特性的事物——掌握和诠释节奏的本领。所以也许动作这个词不妥，节奏才对。所以就像这张她托着脸的相片，其中固然有诸多静止，但在被捕捉的那一刻，也有平静的节奏。"

几个月前，你参加了一场讨论会，主题是索拉·欧鲁洛德[2]在布里克斯顿一间画廊举办的作品展。她的画作洋溢着喜悦。蓝色的画布，身体自由自在地摆动，赞颂生命。就算画布寂静无声，节奏却大声而真实，透过她的主题——在作品中凸显黑人——来传达。除了作品唤起的情感，她的技法也独树一帜。那笔触！自丽妮特之后，你再也没见过这样对技法的关注——

但你不喜欢混为一谈，所以你保持沉默。光是身在这个房间，这个空间便已足够。在这里，平常被注视、被物化的人被看见、被听见了；可以活着、大笑、呼吸了。

---

[1] 丽妮特·伊亚当-博阿基耶（Lynette Yiadom-Boakye，1977—），英国籍加纳裔画家。她以使用柔和的色彩，描绘虚构人物的肖像画闻名。她的作品对黑人形象绘画的复兴做出了贡献。
[2] 索拉·欧鲁洛德（Sola Olulode，1996—），英国籍尼日利亚裔艺术家，以伦敦为基地。

讨论会结束，你特地去对艺术品和艺术家说话，赫然发现画布上的人物都难以泰然自若，而你的目光绕着她花了好多时间精心处理的衣物打转。你谢谢她创作了这些，看着那名女子脸上浮现会心微笑。她仍不知自己是否该来这里，她还没有说服自己。

尽管如此，在你们分开后，你不禁怀疑自己是否搞错，自由是否没有你想象的那么充分——不对，该说自由是否不是绝对——不对，再试一次——自由是人可以一直感受得到的吗？抑或是你注定只能偶尔在短暂的时刻感受到？

被注视是一回事，被看见是另一回事。帮她拍照，在伦敦东南区横冲直撞时，你是在要求看见她。在那里，当一道纯粹的琥珀色光束射穿玻璃，掠过脸颊、嘴唇、眼眸，当眼眸本身也像透过无边玻璃衍射的光，你看见淡褐色、绿色、黄色，你看见你感激的信任。你手指接触快门，你相机的机件啪的一声关上。她的脸便在底片上，等待冲洗。

你们形影相随地逛超市，寻找你们明知道解不了饥饿的点心。下了扶梯，不再交谈，以逃避即将到来的分离——她往北伦敦去参加别墅派对，你往南去见朋友。在大厅，你让她的脸颊贴着你的，伸出双臂环抱你已了解的轻盈身躯，你们的嘴里溜出不情愿的微弱呻吟，这不足以传达你们此刻的感觉。话语也不足够。

在你们地铁旅程的南北两端，你和她讲着电话。当你愚蠢地决定穿过南伦敦最远角落的森林,树像长瘤的臂膀向四面八方的天空伸展,她还在电话上。当你出了林子、进入空地,她说她在列车上写了一些和你有关的东西。你胸口一紧,像森林的手掐着你的躯干。你又多说了一些话,陪她走到她的派对——说来奇怪,你们的声音是那么常成为彼此生命的配乐,但那感觉很对,你们不会另外挑选——而在找到人让她进去后,她的声音飘然远去。但是当她挂断电话,她的手仿佛仍牵着你的手,修长指头交扣,拇指轻抚着你手腕下面的皮肤。你每隔一会儿就会看一下手机,却只得到空白屏幕。你,一如往常,一直在想她。你怀疑她是不是故意不传信息,怀疑她是不是食言,留下一切让你独自面对。你一边怀疑一边徘徊,从那片空地看着与她阳台类似、一望无际的景致,眺望这座城市。然后,就和你俩缱绻沙发、注视红光闪过伦敦天际线的时候一样,她轻轻按了一下你的手。你又看了一次手机,看到屏幕上有她的名字。

在那块干枯的草地上,你默然伫立、头晕目眩。再读一次她的话,再读一次,听到她的声音在每一次转折中流露甜美。当你到达目的地,你把自己锁进洗手间,再重温一次,让那些句子轻抚你的头皮。想象:她闭上眼,撬开你的胸口,一次一根肋骨——她知道怎么做,她不必用眼睛看——让她的话语滑到你跳动的心脏旁边,让那一小束肌肉在她的手里隆起。这是种疾病的症状,而那种疾病,只能称之为喜悦。

"你们两个一体了吗?"

你的行程是去你朋友阿比为了帮她男友迪伦庆生而租的公寓。他们两个都住家里，所以想要多一点空间。你来早了，现在只有你们三人，其他人还在路上。缓慢、放克、带着重低音的音乐从扩音器蔓延到客厅。夜幕已然低垂。时间变慢了，你的节奏也是。

"我想是吧。"你说。

"你想是吧？"阿比喝了一口酒，"你别怕啊。"

但你就怕。你还没有对任何人承认，或许这也是你第一次对自己承认。你怕这一刻，感觉就像在暴风雨中独自流浪到海边拍摄闪电，千变万化、美不胜收，不可预测的线条不断从天空杂乱无章地落下。你不知道你会捕捉到什么，你知道那有风险，但这事你非做不可。此时此刻，你明白，这是你不可忽视的感觉。

被注视是一回事，被看见是另一回事。你怕她也许不仅看见你的美，也看见你的丑恶。

"她人呢？"

"去别的派对了。"

"远吗？叫她过来。"

万一她说不要呢？

"她不会说不要的。"

"我有说得那么大声吗？"

"不必说我也知道。打给她啦。"

响了两声她就接了电话，派对溢到线上来。

"你在哪里？"

"还在派对里，"她说，"不过快要走了。"

"我觉得你可以叫 Uber 过来这里。"

"你觉得我可以叫 Uber 去你那里?"

"对。"

顿了一拍,仿佛一切倏然停止。就连背后的派对也悄然无声。

"地址发给我。"

你又拿起相机。她修长的身躯蜷在窗台,吐着烟圈。你拍了照,而她把你的相机拿走,搁在一旁,牵起你的手。她的手在你手里好温暖,拇指再次忙碌起来。她眨眨眼,慢慢眨,然后她的唇延展成一个微笑。她把你拉近,微微摆动,你明白她要带你跳一支舞。低音更重、更快了,但还是够慢,让这不至于令人感觉仓促。还是够慢,让你可以在你们搂得更紧,以轻松、有韵律的节奏摆动时,继续凝视她的眼。

你怕。但当你听到音乐,当音乐抓住你,合上你的眼,挪动你的脚、臀、肩,摆动你的头,深入内心,邀请你跟着一起,带领你——哪怕只有一会儿——去做其他没有名称,也不需要名称的事情,你可曾质疑过它?或者,你会不会跳舞,就算你没听过那首歌?

# 19

说到音乐和节奏,嘉年华星期天[1]到了,而在这天,摇动你全身骨头的配乐会是外面哗啦啦的雨。她原本另有安排,但反悔亦无妨。

"每年这天我只想要出门跳舞、玩得开心——结果天气却这样。"她指着从灰浊天空降下的雨丝。雷声噼啪响,宛如远方巨人的饱嗝,她叹了口气,短促的哀鸣加入自然的乐音。

前一夜,你坐在她的沙发上,听她发表声明。

"我不觉得这是好主意。"你说。

"为什么?"

"就……太突然了。"

"可是我想要。来啦,过来帮我。"

浴室里,你们大小笑声不断,她弄湿她的头发,用水把卷曲压平。你戴着手套,帮忙将漂白剂在她柔软的头发上抹匀,一次、两次,直到抹出想要的颜色。她要从黑发变金发,

---

[1] 指八月最后一个周末举行的诺丁山嘉年华会(Notting Hill Carnival),从星期日延续到星期一。

像在暗房里显影那样涂抹化学物质。用底片拍摄的美总是意想不到,你不知道冲洗过程会出现什么。你在这里如法炮制,她黑色发根上的漂白剂营造出阳光在金色时刻散发的光泽。那晚,当你们在床上躺好,你的手穿过她金黄色的鬈发,她低声呢喃着,直到睡去。

"感觉真好,"她说,"感觉真好。我好喜欢这整个夏天。"
"还没结束呢。"你说,但她已经睡着了。

嘉年华星期天。零碎的片段像幻灯片:走过黑麦巷[1]的水洼,决定找个她觉得安全的空间。窥看那家理发店,佯装"路过"。你伸出双臂搂抱她。你对她说这里可以,不是因为她紧张,而是因为你这样相信。进入,等待获得自由的座位,喝点朗姆酒缓解紧张。"那是你男朋友吗?"答案太复杂了:就算你有话可以解释,感觉仍然不足。"我不会弄痛她的。"注意到你盯着他拿剃刀滑过她的头发,理发师这么说。你听到他们的对话,知道她已找到另一个觉得自在的地方。他帮她修剪额发,她的前额冒出两滴血。你们都答应会回来。感觉不空虚。

嘉年华星期天。你们用叉子刮盘子。是前一天剩下的:米饭、豌豆、牙买加烟熏鸡、与骨头分离的肉。
"我等下得走了,"你说,"你还要出去吗?"

---
[1] 黑麦巷(Rye Lane),位于伦敦东南佩卡姆区(Peckham),具有非洲、加勒比风情。

"应该吧，"她说，忍住呵欠，"来睡个午觉吧。"她说完便离开客厅。

在她的卧房里，你爬上床，拉羽绒被来盖，突然一阵倦意袭来。

"等等——"她说。

"怎么了？"

她咯咯笑起来。"你真的以为我们要睡午觉啊？"

嘉年华星期天。那晚，你在离开她家几个钟头后又回来。没解开鞋带就踢掉鞋子。她仍在你离开她时所在的地方——床上，那抹笑仍印在唇间，那句话仍愉快地回荡，如银铃的笑声——"你真的以为我们要睡午觉啊？"

晚上了，雨已经停了。你描述了你离开后去的那场派对，并对你没赶上的街头派对感到好奇。

"永远都有明年。"

她点点头，安顿在羽绒被的褶层里。你伸出双臂环抱她，任它们逗留，从她的温暖得到慰藉。她的曲线、她的起伏都变得很熟悉。她的形体，就算头发剪短并染成金色，仍清晰可辨。她闻起来仍是她的味道，但这句话其实避重就轻了，如果逼问你，你会说，她闻起来有家乡的味道。

# 20

嘉年华星期一，伦敦的天空蒙着沓蓄的灰。又热又闷又黏。夏天已经熄火，逐渐凋零。你在维多利亚火车站碰到一个朋友。你们好多年没见了，早在他发现他的自由被夺走之前就没见了，但这里时机不对地点不对，这是欢乐的时光，所以你们都没提到在他十八个月受刑期间你们写给彼此的信，都没有笑他纤细的身体胖了一些，都没有暗示可能有别的东西，像是疲倦，正在他深褐色的眼里泅泳。你们互相拥抱、交换手机号码、承诺当天稍晚要联络一下，虽然知道在嘉年华期间收到信号的可能性微乎其微。你们分开，往地下去。当你再次冒出来，伦敦还是一样灰，天空唯一的颜色。所幸，你又碰到几个朋友，他们在这条路上举步维艰，循声音和指标前进。去别墅派对。屋顶的氛围，他们有个小阳台。你想起在扎迪的《西北》里，利娅和米歇尔接受弗朗克的邀请，前往一间令人咋舌的嘉年华公寓。

从这里，一切尽收眼底。不必费劲在人群中穿行，寻找厕所或鸡肉，或避开地上的噪音和暴力，这里随时都有暴力，我想那不出所料——是吧？果然不出所料？寂静之中，有人拿给你一条香肠卷和一瓶红带[1],并且告诉你这里可以吃到饱和无限畅饮。房间开始在蓝色的愤怒中旋转。有人模仿蹩脚的英语,仿佛方言是奢侈而非必要,仿佛那种语言不是出自被迫离开的黑人身体。这里也有拉斯塔[2]的假发。你不意外自己玩得不开心,没有人注意到你溜上楼梯,前来街上的嘉年华会,刚好来得及目击一起现行犯罪。女人,正把那个黄澄澄的酥皮馅饼塞进张大的嘴里;男人,不顾一切向她冲来,手肘撞到她,看到她的酥皮掉到地上,砰的一声,露出一点点惊讶,但没有回头。她一时搞不清楚状况,也没有追赶。她抬起头来见到你——目击者,而你们都面露苦笑。就这样,你和一个陌生人站在一起,向她转达有屋顶氛围的那场别墅派对上所发生的事件。你的声音摇曳不稳,你的话语支支吾吾,引人发笑。她用温柔的掌心扶着你的手肘,问你还好吗。你告诉她你真的没事,因为这是你能感觉活着的地方。那就跟我来,她说,迂回穿过群集的愉悦,前往你觉得贝斯重击如心跳的音响系统。这样的缓慢之中,有种畅快的自由;频率降低了,重要的就不再是脑袋,而是胸膛。她像橡皮带一般恣意摇着臀,牵起你的手搁在她的腰际,鼓励你慢下来。嘉年华星期一,伦敦的天空蒙着吝啬的灰,

---

1 红带(Red Stripe)是牙买加 Desnoes & Geddes 公司酿造的啤酒。
2 拉斯塔(Rasta)指二十世纪三十年代在牙买加兴起的拉斯塔法里运动(Rastafari movement),为黑人基督教宗教运动与社会运动。信徒相信埃塞俄比亚皇帝海尔·塞拉西(Haile Selassie)是上帝转世,即《圣经》预言的弥赛亚。其修行强调天然的生活方式,诸如只摄取天然食品、自然蓄发等。亦因《圣经》叙述耶稣会以犹大狮子形象回归,脏辫便在此时兴起,象征着狮子的鬃毛。

你以一个慷慨时刻的昏乱热情为乐。抓了酒喝,汗浸湿腋下、逗留额头上,但无妨。慢下来,跟着慵懒节奏,唯重击的贝斯是从。有人推了你的手肘,一个年轻人要把他拇指和食指之间朦胧的小火苗给你。每轻轻吸一口,眼睛就布满红丝,直到瞳孔变大,变成黑人的。慢下来。找乐子。你的手环抱她的腰,手心捧着小火苗,眼睛在燃烧。放轻松,她说,于是你的臀部像语言一般崩裂。不需要模仿。嘉年华星期一,伦敦的天空蒙着吝啬的灰,又闷又黏的热,在赤裸的背上动弹不得,你和一个陌生人跳舞,度过这一天。

# 21

如同你们一起开启冬天,你们正一起结束夏天,迂回穿过小巷,从新十字[1]来到德特福德。你们遇到她一个朋友,而你看着她们的对话像在一起跳舞,节奏如此轻松,人那么美。继续走,舒服地微醺。清醒地向夏末的夜晚伸出一只手,而你们把它攘走。不是现在,还不到时候。

当你们离她的公寓只差一次转弯,你们十指交缠。你们好久以前播下的种子已经生长,根在黑暗中攫住土,把彼此拉得更近。你们的唇在一棵树的树冠下相遇,而那棵树已散发着秋天的气息。

你正在结束夏天,与她合吸一根烟。她看着你笨拙地使用打火机。你不抽烟,这她知道,但酒精让人更容易屈服。何况,与你爱的她一同分享,有一种亲昵。一如她做过许多次的惯例,她把烟从你手上拿走,好心、沉着地点燃。

"你知道,"她顿了一下,深吸一口,"好,我们正在交往,我喝醉了,而我们正在交往。"又吸一口,"我有对我朋友讲

---

[1] 新十字(New Cross),伦敦南部地区名。

你,讲我们的事。而我有些事情是你必须知道、必须了解的。"她盯着地上一会儿,"我以前不大这么做。我的意思是,我跟人交往过,这你知道,但这次感觉不一样。"

好多话语在你脑海喋喋不休。你想告诉她,顺其自然,像你们之前一样。你想告诉她,你等不及要多了解她,了解全部的她。但你可以等,愿意等,时间对现在的你和她来说毫无意义,没什么意义。你想告诉她你有多爱她,但却无法做到,所以你没说话,反倒轻抚她的下巴,把她拉过来亲吻,盼她了解。

你们正在结束夏天,手搁在对方的大腿。在回家的火车上对坐,你们相互凝视,如果你提议永远不要停,可能会获得原谅的那种凝视。在诸如此类的时刻,时间的作用,一如以往地消失了;过去、现在、未来,融合在她温暖的触摸之中。你们都不希望放开这样的凝视,但你们都知道必须放开,暂时放开,知道一定会再回来。

后来,一起躺在床上。既然你们已经停止,永恒的感觉又更沉重。这一刻似乎将永远持续。克尔凯郭尔[1]所说片刻与瞬间之间的差异是什么呢?时间的完整又是什么呢?不重要。当你们在黑暗中摸索,以不会遗忘的方式、感觉对极了的方式充分了解彼此,那些都不重要。

---

1 索伦·克尔凯郭尔(Søren Aabye Kierkegaard,1813—1855),丹麦哲学心理学家、诗人,公认为现代存在主义哲学的创始人。

你们正在结束夏天,纳闷对方明明还没离去,怎么就在思念了。有好多生命绕着你们打转,但你们不怎么在意。倚着布告栏,你的双臂环抱她,任你的下巴擦过她柔软的金色短发。你俩紧张地等待她的火车月台通报,准点——

"是你的车。"你说。

"是我的车。"她说。

她要从伦敦搭到霍利黑德[1]转渡轮到都柏林。月台上,一脚车内,一脚车外,她吻了你。哨音再次响起。你必须退后离开火车,但你还没准备好。你从未谈过远距离恋爱,但你也从未经历过像这样的爱。你想告诉自己,告诉她,没问题,什么都不会改变,但你不知道。太快了,哨音又响,列车门要关了。你强忍泪,直到列车驶离,直到你在月台摔倒。仿佛夏天是个漫漫长夜,而你刚醒来。仿佛你俩都潜入开放水域,但当你再次浮起,她却在别的地方。仿佛你们连成一个关节,却断裂了,崩裂了。那是你从不知道,也不可名状的痛。那好可怕。但你知道你陷入了什么。你知道爱既是泅泳,也是陷溺。你知道爱是整体,是部分,是联结,是断裂,是心脏,是骨头。是流血,也是愈合。老实说,爱就是活在这个世界。是把某人放在你跳动的心脏旁边,放进你内心的无边黑暗里,相信对方会紧紧把你抓住。爱就是信任,信任就是充满信心。不然你还能怎么去爱?你知道你陷入了

---

[1] 霍利黑德(Holyhead)是英国威尔士城市,也是爱尔兰海沿岸主要港口。

什么，但带着不确定何时才能再见到她的心情搭地下铁回到家，好可怕。

"我找到地方了——"
"嗯？"
"快，你什么时候可以过来？"
"多快算快？"

下个星期，你人就站在她都柏林的长桌前弄早餐了。当培根片在平底锅里扑哧作响，她敲着笔记本电脑，计划你们可以一起在这个城市做的事。

"我们一定要趁你在这里的时候去健力士酒厂，"她说，"观看酿啤酒是件心旷神怡的事。"

"好啊。健力士是加纳第二大国民饮品。"

"真的假的？"她扬起一边眉毛。

"真的啊，假如你去酒吧，你不会点一品脱的拉格，而会要一杯健力士。"

"你说这个不是为了让我开心吧？"

"保证不是。"

"那就太好了。"她让视线回到电脑，"我的意思是，那像是老夫老妻做的事，不过无妨，"她说，掩盖不了这个念头带给她的欢欣，"那我们明天去。今天我有一堆工作要做。至于今晚——我们出去走走。"

第一晚：朗姆酒、苹果酒、苹果酒——其间被三个拿鼠尾草净化你们的毒虫打断——和美妙的即兴音乐集锦。她要你形容她的香味,你不好意思,因为你之前已经想过这个问题,所以答案脱口而出:芬芳,如刚盛开的花朵。不腻,但甜到让你不由得微笑。那天晚上你们都醉了,还偷了酒吧的玻璃杯。你告诉她,她值得以你爱她的方式被爱,她哭了起来,宁静如雨。

隔天早上,你用布满血丝的眼睛凝望镜子,问她有没有扑热息痛。

"我还以为你不会宿醉哩。"她说。

"哦,别闹了。"

你们改去凤凰公园散步。当她叙述认识你之前在都柏林工作的那年夏天,夏日点滴笼罩着你。她说,夏天会为都柏林注入不同的感觉,允许她在这里呼吸。你觉得这说法很怪:允许呼吸,那么自然的事情,生命的基础,竟然必须征求同意。也就是说,必须征求同意才能活下去。你试着回想你没办法呼吸、每一次吸气都要费尽力气的时候,试着绕过嵌在你左胸的重量,试着绕过必须知道该怎么做才能在这里呼吸的重量——

"你在想什么?"当你们视线交会,她的双眼闪闪发亮。你摇摇头,万千心绪顿时松开、消散。

走去电影院途中,你们经过一辆警车。他们没有讯问你,没有讯问她,但朝你们的方向走去。此举证实了你们早已知道的事:你们的身体不是你们自己的。你们害怕身体会被要回去,所以压低御寒的风帽。她一直没提——不言而喻的交流，自我保护的作为——直到你们坐在她公寓大楼外，看着一只狗以月亮为聚光灯在草坪四处跳舞，才开口问。

"你没事吧？"她顿了一下，点了香烟，吸了长长的一口，"路上那些警察……你还好吗？"

"哦，哦，我很好。在想电影的事。"

你们那天晚上一起看的电影：巴里·詹金斯的《假如比尔街可以作证》[1]令你心烦意乱。你没有哭，只有在某些情节赫然出现，从他人的行为中认出自己时，心如刀割。当芬尼[2]的颧骨变得突出，显露出一种他未曾预料的目的时，你没有哭。当这个疲惫的男人在玻璃这一侧，同样憔悴的蒂什在玻璃另一侧捧着尚未出世的孩子，前臂护着她膨胀的肚子，你没有哭。当绷得太紧的芬尼理智断线，想解释他当前错综复杂的情况却找不到话讲，你没有哭。蒂什，作为连带伤害，这种故事你太熟悉了。当她泰然自若，向他伸出手说，我了解你经历的，宝贝，我与你同在时，你没有哭。没有，你没有哭，只有在某些情节赫然出现，从他人的行为中认出自己时，才心如刀割。每一个人物的动机都是为了表现爱——这是她告诉你的——只是做法不同。所有做法都是祈祷，而这些人都充满信心。有时，这就是你唯一能做的。有时，有信心就够了。

那一晚，你梦到警察写下你的死亡故事，而你的名字只

---

[1] 《假如比尔街可以作证》(*If Beale Street Could Talk*)，二〇一八年上映。
[2] 芬尼（Fonny）与下文的蒂什是《假如比尔街可以作证》的男女主角，文中的玻璃指监狱会客室的隔板。

列在脚注。你猛然惊醒，同时紧抱她的腿；你们的手脚本就交缠，而当你紧抓不放，她发出微弱的呻吟。这不是那些焦虑第一次在夜里拜访你，而一如既往，那些影像在你清醒的时刻徘徊不去。你常担心这将成为你的命运，而她虽然一直在你身边，那时她却不会在——你也不知道遇到那种紧急情况可以打给谁。你怀疑紧急情况已经开始。证据：你庞大的身躯每天都要走入惊诧；在店里被保安盯梢，包括长得跟你很像和不像的保安；用从来不是你的名字的音节擦洗身份。还有：拿你开玩笑，暗示你犯了罪或智能不足；想讲那些不敢在你面前说的话，好像从你身上拔的毛还不够；那种令人厌烦的、被注视却不被看见的惯例。

你下床离开她，先去厨房倒杯水，再去客厅。每当焦虑在夜晚来袭，你喜欢看说唱歌手玩即兴，因为看着一个黑人男子被要求当场自我表达是件美妙的事，且多彩多姿。你上传一段之前在手机上看过的影片，在幽暗中连连点头。从你第一次听到肯德里克说，哈哈，闹你的，击个掌，我刀枪不入，你的子弹永远射不穿，那些歌词就萦绕在你脑海，只是被乐曲和你最喜欢的说唱歌手的俏皮话遮掩。现在，你想重新赋予其用途——开创一个你可以在现在度过的未来。你想要刀枪不入，你想要相信，那些子弹永远射不穿。你想要安全感。

接下来几天，你一直想起约翰·辛格顿《街区男孩》[1]里的一个场景：提瑞在到女友布兰迪家之前，开车经过警察旁边被拦下。这种拦检是例行公事。两名警察，一黑一白，叫提瑞和他的朋友下车。警察把他们压在引擎盖上，这时两人中比较敢讲话的提瑞坚称他们没有做错什么，同时还问正搜他身的黑人警员，你为什么要这么做？这个问题引燃了闷烧已久的灯芯。警员扳起扳机，把枪抵在提瑞的后颈。泪水沿着提瑞的脸颊滑下，在下巴汇流。警员没有直接回答，但他透过这个举动表明：我这么做是因为我可以。

当提瑞走进布兰迪的客厅，她问他怎么了。他回答：没什么。他这么说是因为他这个人就是一直道歉，而他的道歉常化为压抑表现，而那样的压抑不分青红皂白。他解释说他累了，他受够了。他想要——他找不到话语描述他想要做什么。他开始对着空气摇摆，因为他必须表达出来。他必须解释，他必须被听见。他对着空气摇摆，大力晃动，希望抓住明明就在四周却常被吞没的一切。他开始呻吟，低沉而克制。他想要相信布兰迪的安慰能缓和情绪，就算只有一点点，泪仍落了下来，悲伤依然持续。

但我们没事，我们真的很好，沉着冷静。继续沉着冷静，直到——

"你还好吗？"她问，"在想什么？"

---

[1]《街区男孩》（*Boyz n the Hood*）是一九九一年由约翰·辛格顿（John Singleton）执导的美国犯罪电影。后文提瑞（Tre）和布兰迪（Brandi）皆为剧中人物。

"我很好。"你说，而确实如此。尽管几天前都柏林的插曲仍在脑中回旋，尽管你的思绪仍不时漂向这段记忆，以及那原本可能发展的途径，尽管如此，但只要她在，你就很好。或者起码，你相信自己很好。

"你不必这样。"她说。她牵起你的手，用拇指摩擦你的手背。"让我也分担吧，我只是希望你没事。"

"我也是。"这个房间和你们熟悉的那间不一样，但你们还是做着同样的事。从侧面透进来的昏暗光线仅短暂充塞房间。你俩微笑的身影投射在她的黄墙壁上。

你们在一起的短短几天其实什么也没做，而这也有意义，这本身就是一种亲昵。此刻在外面，地是湿的，但已经没下雨了。你俩都偏爱温暖，但你们也喜欢雨和它安静的喧闹。你们的最后一天在努力感受当下中度过，就像把西西弗斯的巨石推上城市最高的山丘，每一次都以滚落收场。

"你离我好远，"她说，让你回到当下，"别对我隐瞒好吗？"

## 22

每当她问你没事吗，你都点点头，一声不吭，要她相信，也试着让自己相信。然后她问你，你确定？你这个人就是一直在道歉，你的道歉常化为压抑表现，而那样的压抑不分青红皂白。但在这里你必须张开双臂，打开内心，你累了，你受够了，你想要——你找不到话语描述你想要做什么。你开始喘不过气，潸然泪下。你呻吟，低沉而克制。你必须解释，你必须被听见。你以为你孤单一人，直到你明白，她与你同在。你想要相信她的安慰可以缓和情绪，但你必须先允许自己让她支撑。在这里你不必道歉。当她问"你没事吧"，别害怕吐露真相。何况，你还没开口她就知道了。暗处是找不到安慰的。让你自己被听见，也听听她说什么。要有信心。吸吮蛇咬的伤口，把毒液吐在脚边。凝视褪色的伤疤，但不要留恋。不要隐瞒，也不要留恋。暗处是找不到安慰的。让你自己被听见，也听听她说什么。要有信心。

有信心就是把灯关掉，信任对方不会趁你入睡时杀掉你。这很基本，也很大胆。说你爱谁，说说你们在黑暗中的甜蜜呢喃，想象你的伴侣若在醒时做梦，眼皮会怎么眨，说说那有多美。多美才算美？你闭着眼也找得到她的唇。没什么能比感觉更持久。告诉她你怕自己被带走，离开她身边。告诉她你在某些日子奋力告诉自己的事。告诉她你爱她，也知道什么会随这句话而至。在黑暗中描述神的形象：她修长的手脚在哪里弯起，幽暗中仍捕捉光芒；脸孔松弛，两眼轻闭，唇角上扬似在微笑，连带使脸颊鼓起，愉悦的轻叹不时溜出嘴角；还有她的身体是怎么随着每一次触摸，随着脊椎优美曲线上的每一次轻掠绷紧、放松、绷紧、放松。让她亲吻那一滴泪。你不知道自己为什么会哭。有时，爱也会痛。你不是悲伤，而是惊诧。像车祸一般倒坍。说件往事给她听。让她记起那个时候：

　　一天晚上狂热的梦，你们的心热得发胀。你和她这样那样摆臀，任朗姆酒溢出杯缘，滴落在地下室的地板上。一个朋友在舞台上忧郁地哼唱，但不失愉悦。吉他弹奏悦耳，可比你手中鸡尾酒的香甜。你决定了，你不只是你创伤的总和，所以你介绍她给你的朋友认识，你们的节奏如此流畅，不容忽视的双人演出。你说，这是我的朋友——这话你们两个都不相信。（但多重事实不能并存吗？有什么是绝对的吗？你相信永恒吗？）反正，这一夜是一场狂热的梦，而你们允许自己跟着大家走上一条长路，路的尽头是另一个地下室。有什么是绝对的吗？没有，因为你们一到俱乐部就改变了主意。热已开始折磨你们的身体，而你们饿得发抖。你们跟那群人分手，因为热在抗议，疯狂在抗议。炸鸡店、灯光了无生气、她拿给你一张塑胶钞，你道谢，你揽住她露出的臀部曲线，她偎着你，又退后，亲吻脸颊，烙下她稍早仔细涂上的紫。手里拿着午夜的餐点,走下多年前你遇见另一位诗人的街。另一个地下室。诗人靠过来,跟你说热身阶段要放松,所以你很快跟上节奏,流畅了,不容忽视的演出。此刻,你们坐在他人的门前台阶,而你决定要相信永恒。这样的决绝是在你最好的朋友打破炙热的沉默、冷静而慎重的时刻到来。她告诉你她爱你,于是你知道,你不必是你创伤的总和,知道多重事实可以并存,知道你也爱她。

瓦尔特·迪克森[1]为妻子写了一首《给我的王后》。那曲子慢慢悠悠、宛如沉思,直抵内心最深处,优美地呈现他们多彩多姿的婚姻。

你没有音乐,但你确实能用自己的方式看见她,用你自己的方式捕捉她平静又精力充沛的节奏,能用你自己的方式描绘她的喜悦。

你有你自己的语言。

---

[1] 瓦尔特·迪克森(Walt Dickerson,1928—2008)是美国爵士音乐家。《给我的王后》("To My Queen")是他一九六二年的作品。

# 23

有家乡是件奢侈的事。在认识某些人之前,就知道世上有他们存在,会引出一种前所未知的自由。或许这就是家乡的意义:自由。在难以生存的地方,你很容易把自己卷起来,就像凹折一本书以便插入口袋。

有时你不知道为什么会有这种感觉。沉重、紧绷、疲倦。就像你自己不完整的版本在和比较完整的部分对话。外婆过世很久后,你又和她聊了一次。她踏着夜色而来,告诉你身体是有记忆的。叫你让新的皮肤带着伤疤,让你爱的女子吻你,允许自己被说好美。展开来,伸直因保持渺小而弯曲的脊椎。这里只有自由。你来到这个世界时没有家乡,但你的世界和你的家乡已互为同义词,而它们看起来就像这样:

你赶上火车。有人把雨伞遗留在头等车厢的座位底下。外面在下雨。你渴望蓝天和阳光。她告诉你,你眼中有渴望,这你没有异议。你们来自同样的地方。穿同样的布料。金色织入肯特布[1]。你外婆在家帮你做的衬衫是淡蓝色的,就

---

[1] 肯特布(Kente)是加纳的一种纺织品,由手工编织的布料、丝绸和棉条制成。

像你渴望的平静。你想把这送给她。言语无法表达的事物，你该如何诉说？你能想到她也有觉得渴望的时候吗？

　　从都柏林回来，在回家的火车上，你不知道自己在哭，直到书页出现丑陋的污点。那些原本紧紧卡在喉咙的音节圆滑了、柔和了，语言降为声音。你就是这样诉说言语无法表达的事物。你想大叫。二已合为一，但热刃已划过你的皮肤，而你必须带着这些故事，像带着伤疤。你想把它们洗干净，看着她在池里游泳，纤细的四肢在水中放松。爱犹如一种默想，犹如伸向更诚实的自我表达。请记得，你的身体是有记忆的。伤疤不见得是污点。你吻了伤疤，说她好美。你手指接触的真实的她，总令你惊讶。你想在黑暗中躺到她身边，对她倾诉真心话：给我的王后，永远是如此漫长，但我在遇见你之前，就知道世上有你了，所以现在我们自由了。你来到这个世界时没有家乡，但现在你回乡了，回到家乡了。

# 24

"你会在我回家前修一下头发吗?"

"我头发怎么了吗?"你问,一手摸过头皮,觉得微小的卷曲开始纠结。

"本身没什么问题啦,"她说,"不修也行,只是你刚修好时看起来很帅。"

"你是在自找麻烦。"

你一边走,一边留意迎面而来的行人,一边把手机稍微拿到面前,试着让你的脸留在视频电话的框框里。四百英里外,她扑通一声倒在床上,手指伸向相机,试着缩短距离。

"听着,我不觉得我想要我的男人看起来帅、感觉不错是一种犯罪。"

"说得没错。"

"所以你是要修不修?"

"也许。"

"也许?"

就在这时,你停下脚步,把手机镜头对准前方那家理发店。

"啊,"她说,"真有默契。"你挂断,走了进去。

理发是件大事。你想等等，等待发线突破几周前你的理发师在你额头画下的界线。你想到理发的决定本身就是打赌。你的理发师，一如多数理发师，没有班表。今天你进门时——你来得早，早起的鸟儿有虫吃——座位上有个小孩放声大叫，因为理发师正拿着金属梳子梳他卷曲纠结的头发，他的发根和杂毛缠在一起，犹如浓密、扭结、蓬乱的灌木丛。他的母亲在一旁看着，而理发师梳理头发的努力没有得到回报。利昂，你的理发师，他没有放弃。他用双手帮头发上油，所以梳子的旅程平顺多了，不再像刮过树枝那样咔嚓作响。他很小心，教孩子怎样防止打结，孩子平静下来，舒舒服服地让理发师修剪。

不久，理发师朝你的方向点点头，表示换你了。你坐在椅子上，让他把围布披在你身上，在脖子处系紧。他手上拿了一组推子，机器振动的唧唧声对你说话，鼓励你说话。

"想怎么剪？"他问。

"打层次，"你说，"上面不要剪短，谢谢。"

"胡子呢？"

"可以刮掉。"

理发师安静地工作，不时喃喃自语。你闭上眼睛，任凭自己飘走。你在这里很安全。你可以说你想要什么，知道那是可以的；你知道这里有一种你时常欠缺的控制的表象；你知道你在这里可以自由。还有哪些地方保证只有黑人聚集？这是仪式、是圣殿、是令人心醉神迷的独唱会。每一次过来，你都是在宣示你爱自己。你爱自己、照顾自己。在这里，在理发店里，你可以大声、可以犯错；可以正确、可以安静。

在这里你可以把身体倒向另一个男人，说明你的情况，要求说明，询问你不知道的事。在这里你可以大笑，可以正经。在这里你可以尽情呼吸，无拘无束。特别是跟你的理发师。你对他讲过的一切，都会留下来。

"最近好吗？"他问。

"还不赖、还不赖，你呢？"

"刚度假回来，我去了加纳。"

"好玩吗？"

"我的身体回来了，但心还在那边。"

"很特别的地方。"

"你去过？"

"前阵子。我家人来自那里。"

"我想也是。你有那种活力，那种节奏。那里每个人都很平静，不慌不忙的。想吃就吃、想喝就喝、想笑就笑，把日子过得很好。然后我还要告诉你一件事。"他轻拍你的肩膀，"在那里，你不必担心长得像我们这样。"

"有听说。"你说。

"算某种自由？"他摇摇头，继续拿推子推你的头发。

"那里就是不一样，"他一会儿继续说，"阳光，气候，会让我想找事情做。去外面的世界活动。在这里，一到冬天我就冬眠了。"你们两人都笑了。"我原本不必来这里的。我来这个国家很多年，在你出生之前。我来这里，有了孩子，我的孩子也要生小孩了。但这里没有家的感觉，这里感觉不需要我。嗯，你是做什么的，我是说工作？"

"我是摄影师。"

"看吧，你也不是非在这里不可。你有另一半了吗？"

你从口袋里拿出手机，让首页亮出她的照片。

"她很漂亮。要我给你一点建议吗？找个你可以称为家乡的地方。这里不是。待在这里不容易。有好多事情，你要亲自体会才明白，懂我的意思吧？去你可以无拘无束的地方，一个不管你要做什么，事前都不必太精细思考的地方。去找个你可以称为家乡的地方。"说着，他又拍了你的肩膀，"剪好了，年轻人。"

你站在店外，掸去脖子后面的碎发屑。一阵微风轻拂你刚理好的头。你开始解开耳机线准备走路回家，这时你的理发师也来到店前台阶。他哼着歌，看着通过这条主要道路的车流。他从口袋拿出一袋烟丝，一些卷烟纸。他把那个小袋子打开，散发出比烟丝更芬芳、更浓郁的味道，重如麝香，又轻如云。你看着他捏住一张纸的尖端，把袋子夹在腹部，为纸卷塞入合理的一人分量。他来回卷啊卷，用嘴巴密封，一边哼着歌。那首歌旋律一直重复，音阶高高低低，不难唱。是种仪式吧，你想。这时他搓好烟卷尾端，拿出打火机，一次就顺利点燃，你的理发师开始把烟吸进肺里。

他出肘轻推你一下，伸出手臂，给你烟卷作为圣殿的赠礼。你接过来，尽可能深吸一口，觉得大脑立刻变得朦胧阴暗。

"小心点，"他说，"别太快，这很猛，能帮助你遗忘。"

他张开嘴，看着你再吸一口，然后开始唱歌。旋律如此悦耳，好像一只鸟在他镀金的笼子里学会了飞翔。火在你手中闷燃，他把打火机递给你。再吸一口，更深更阴暗。

他仍一直唱着歌，面孔放松，歌声从容。他以缓慢的节奏晃动肩膀，你也开始跟着左右摇摆，任他的歌声越来越大，任火继续在你手中闷燃。你就站在圣殿外，以他令人心醉神迷的独唱为背景音乐，完成了仪式。

下一口却把你从愉悦带入黑暗。你开始恐慌，所以聆听理发师的歌，但那只让你往更深、更暗而去。这是条简单的路线。你突然陷入痛苦。你以为今天已经封锁这条途径，却还是面对了痛苦。你摸了每一只狗的头，看着它们畏缩不前。你以地狱般的速度下降，但这里没有火，没有将你带来这里的火。在这场噩梦中，只有水拍打你的脚，咬着你的脚后跟。给我看你的伤疤，怪物这么要求。给我看蛇缠在你臂膀哪里，尖牙在哪里没入柔软的肉。你卷起袖子，给他看双臂满满的洞。走出阴影吧，他说。暗处是找不到安慰的。给我看看你哪里痛，他说。别等水涨起来。水救不了你。你低头，看到黑色深渊的涟漪里有颤动的倒影。神有很多种面貌，很多种声音。黑暗里的一首歌。要有信心。吸吮蛇咬的伤口，把毒液吐在脚边。吞下去就是压抑。你这个人就是一直道歉，而你的道歉常化为压抑，而那样的压抑不分青红皂白。吐出来，别等水涨起来，别道歉，原谅自己吧。

"小心点。"你又听到了，而这句话把你拉出白日梦。火在你手中闷燃着。你的理发师还在唱歌，悦耳如鸣禽。

"你想遗忘什么呢？"你问他。

他把烟卷拿回去，把烟吸进他自己的肺。他踏出建筑物的阴影，进入一道阳光中。

"我不知道。这是一种感觉。是很深的东西，在我心底的东西。"他对自己笑了笑，"那没有名字，但我知道那种感觉。那会痛。有时候，做我这样的人很痛苦；有时候，做我们这样的人很痛苦。你懂？"

你懂。常常你也找不到名字。你想自作主张。但就算你没有给自己或你的经验取名字，那还是在。浮上表面，油却在水面漂游。你想要主张你的人生归你所有。在这里，站在这个男人旁边，看太阳溜进他的眼镜，在他清澈的褐色眼眸上分解成黄、红、棕、绿，你不再怕说你害怕，说你沉重。你希望鼓励他也这么做。你感觉得出，他的感觉有时和你一样：就像你在海里摆动迂回，而你并未报名参加这场战斗。你不想沉没。你可以在水里游泳，但油会要你的命。你不想死。这很基本，也很大胆，但你想趁你还可以的时候主张所有权。

你戳了戳左侧的痛处，盼能淡然处之。你尽你所能祈祷今天别是那天。每天都是那天，但你祈祷今天别是。你的母亲天天祈祷今天别是那天。你在卧室门外听到她为她的儿子祈祷，就算你是在浅水游泳时唱 rap。没有人的措辞比你母亲天天为你们祈祷今别是那天时更强硬。你知道今天有可能是那天，但当你的伴侣说她担心你夜半在外游荡，你仍一笑置之。你绽出王者的微笑,但你们都知道弑君者比比皆是。你冲澡，冲去黑色的肥皂泡，祈祷今天别是那天。如果你给今天取了名字，这一生就会是你的吗？例如：基本的，大胆的。主张所有权，取得力量、瞄准目标，这就是你的。这种举动就像带奶油抹刀去打枪战。你想唱 rap，以便可以说，我知道那句话穿过你的脑袋了。黑暗中你想躺在你的伴侣身边聊聊死亡,仿佛无所畏惧似的。你不想在你可以活着之前死去。这很基本,也很大胆,但你想趁你还可以的时候主张所有权。

利昂,理发师,睿智如橡树、发辫会兴奋拍动的漂亮男人,他掐熄烟卷,宣布有礼物要送你。你跟着他回到店里,他走去角落的书架。书架中间凹陷,显然是堆得太重了。你不记得有看到其他人进店里,但此刻有四个男人坐在靠墙的长沙发上耐心等候。利昂迅速浏览,知道每一本书摆在哪里,抽出一本便拿来给你。你读了封面:钱塞勒·威廉斯[1]的《黑人文明的破坏》。

"谢谢,"你说,"下次来理发的时候带来还你。"

"不用啦,送给你。那本书,我一年要重温好几次,是我最喜欢送的礼物。我有好多本。留着吧。有什么感想再告诉我。"

你笑了笑,而正当你伸手要跟他击掌碰拳,店前的大面窗突然粉碎,玻璃如雨洒落。店里立刻陷入混乱,大家都跳起来。你评估情势:一个穿黑T恤的人影在地上爬。你认得这个人,你见过他摇头摆尾;不对,你认识这个人,你曾与他共享同一时空。但没时间说故事了。现在,你在意的是店面另一边的情况:五个男人要找破窗跌入的年轻人。他们

---

[1] 钱塞勒·威廉斯(Chancellor Williams, 1893—1992)是非裔美国社会学家,历史学家和作家,以研究非洲文明著称,最重要的著作就是《黑人文明的破坏》(*The Destruction of Black Civilization*)。

叫着，指着，发自一只手里的闪光掐紧你的身体，扭绞你的灵魂。你听得到利昂叫大家冷静。听得到那个年轻人喘气，听得到店里的男人也在大叫，像在保护什么。你听得到恐惧。听得到远方传来警笛声。听得到恐慌。店外那些人坚定不移，但不肯越过圣殿的门槛，进理发店。我不认识你们，你们认错人了，你听到那个年轻人这么说。丹尼尔——他的名字浮现脑海。你听得到丹尼尔的恐惧。警笛声更近了。在警笛声到来之前，所有当下都变得更可怕，因为当他们，当警察靠近，你们便失去名字，你们都为非作恶。店外那些人坚定不移，他们想要丹尼尔，他们叫他出来，再不出来他们就要进去。但警笛声越来越近，而他们想要自由胜过想要丹尼尔。其中三个人开始移动。一人手里还在闪闪发光。其他人坚信这样不值得，把他拖走，走啦，走啦，他们说。他放弃了，面容扭曲，坚定不移。他的表情在说，改天他会再试。他们连滚带爬地溜走了。屋里集体吸一口气，等着警察到来。

当警察到来，店里立刻陷入混乱。他们叫着，指着，发自他们手里每一把枪的黑暗闪光掐紧你的身体，扭绞你的灵魂。你听得到利昂叫大家冷静。听得到那个年轻人喘气，听得到店里的男人也在大叫，像在保护。你听得到恐惧。你听得到身体被压倒的声音。一只膝盖压着弯下的背，像一本书凹折。我们什么也没做，我们什么也没做，你听到丹尼尔说。他们没在听。你沉重，你害怕。他们搜你的身，随意翻你的口袋，问你藏了什么。你想说你藏了痛，但觉得他们听不懂。他们串通一气的时候不会懂。一切就这样继续，直到他们累了，他们厌了，分心了，别的地方有人报案了。只是在执行勤务，他们说。你们自由了，可以走了，他们说。

"我们自由了？"利昂问。

你胸中有怒。它是冷静的、蓝色的、纹风不动。你希望它是红色的，这样就可以从你身体里爆炸了。爆炸，就与你无关了，但你太习惯于冷却这股怒气，所以它还在。你该拿这股怒气怎么办呢？该拿这种感觉怎么办呢？一部分的你想要遗忘。大部分的你每天活在虚幻状态，不然还能怎么活？活在恐惧中吗？有些日子，怒会形成你无法摇撼的痛；有些日子，怒会让你觉得丑陋，觉得自己不配拥有爱，觉得现在的一切遭遇都是你罪有应得。你知道那样的形象是谬误的，但你只能这样看自己，把自己看成这么丑恶，所以你隐藏完整的自我，因为你还没想出，该怎么脱出自己的怒，该怎么浸入自己的平静。你隐藏完整的自我，因为有时你忘了自己根本没做错什么。有时你忘了你口袋里根本没什么；有时你忘了你这个人就是不被看见、不被听见，不然就是以你并未要求的方式被看见、被听见；有时你忘了你这个人就是一个黑色的身体，除此之外，就没什么别的了。

几个钟头后，你走上往加勒比外卖店的那条路，想去买个馅饼。你好想吃那香喷喷、黄澄澄、满满香料肉馅的酥皮点心。你渴望它的慰藉。所以你走上这条你天天都会走的路线，沿着贝灵厄姆的主街前进，就在这时，你看到丹尼尔骑自行车迎面而来。他在魔力速食下车，大笑着跟你击掌碰拳，臀部跟着耳机里的音乐摆动，好像一切都已遗忘似的，好像你可以暂时放开那股怒气似的。他愉悦的节奏有感染力，所以你俩面对面跳了一圈，大笑几声后分开，他进炸鸡店，你再往前几家。在加勒比外卖店里，一声重低音震撼了窗子。你偷看厨师在厨房里绑好辫子才出来，低吟着："我依然爱着你"[1]，篡改经典。这让你想起她，想起播放这首歌时，你抱着她匀称的腰，把她拉近、拉得更近，感觉她微笑着，让后颈在你胸前安歇。

"你要点什么呢，兄弟？"他问。你一时冲动，决定招待自己一份麦香堡加芝士。你看到他另外包了几只鸡翅进盒子给你，你要付他钱，他摇摇头。

"我看得出来你需要一点好东西吃。"他说。你们碰了拳便分开。

出店时，一阵带有詹姆斯·布朗[2]尖叫的神髓、黯淡嘶哑的声音迎接你。那声音持续了几秒，且越来越强。发出尖叫的那个人身体被什么抓住了。然后，好一会儿，一片死寂。有个骚乱、恐慌的动静，一辆汽车加速离开，一辆自行车倒在它旁边，骑士倒在地上。你跑过去。他一脸惊诧，因为他已经容许自己忘记今天的事了。岂能怪他？你握着他的手，问他是否需要什么。这次他没有和你击掌碰拳，因为他的力气都在那声尖叫中用完了。他没有笑，没有哭。得叫救护车，有人说。流了很多血，你得赶快。地上的年轻人摇摇头。你

---

[1] "I'm Still in Love with You"，艾尔·格林（Al Green）一九七二年发行的歌曲。

[2] 詹姆斯·布朗（James Brown, 1933—2006），非洲裔美国歌手、作曲家及音乐制作人，有"灵魂乐教父"之称。

不知道你还牵着他的手,但你现在放开了。他的节奏具感染力,所以你站着一动不动。你知道他很多名字,但今天他是丹尼尔。

# 25

"你头发理得怎么样啊?"

你坐在自己乱糟糟的房间,手机拿到耳边。你到家的时候像龙卷风暴烈、轻易地横扫房间。很像青少年,而能掌控什么的感觉真好,但现在她打来,而一切已尘埃落定,你无话可说了。

"喂——你在吗?"她问。

"在啊。"

"都没你的消息。我有点担心,但我想你可能是忙着工作或什么的。"

"类似那样。抱歉。"

"别闹了。今天过得怎么样?"

"还可以。"你说。

停顿了一下。"你还好吗?"

你开始啜泣,喘不过气。你要在自己的房间窒息了。你挂断电话。你隐藏完整的自我是因为你还没想好该怎么脱出自己的愤怒,怎么浸入自己的平静。

她马上又打来。

"到底怎么了?"

"没事。"

"没事？你听起来不像没事。你刚刚的声音……跟我说说话，拜托你。"

"没什么。"

"你这样不公平。我打来是真的要知道你好不好，因为我在乎，而我听到的只有没事、没事、没什么。"

"我不知道要跟你说什么。"

"你好像在把我推开。感觉有哪里不对劲，你就是不肯告诉我。这种感觉有好一阵子了。"

"没什么。"

"你对我不诚实。如果你对我不诚实，我没办法继续这样下去。"

"真的没什么。别说了，好吗？"

"好。随便。"

电话，凝滞，水坝爆裂，其他说出的话都被湍流声淹没。于是，一个联结断了，崩裂了。

电话悄然无声，海洋，静止不动。

你不打给她了，你不回她电话了。几天后，你干脆把手机关了。自她搬回都柏林，你一直和她保持距离，而现在你推开了，知道她就是没办法完成跨越伦敦东南区的短短旅程。你推开了，知道撤退比给她看那些皮开肉绽、脆弱不堪的东西来得容易，比向她显露自己来得容易。你在冷静、蓝色的薄雾中活着，因愤怒而轻，因忧郁而重。你以你自己一动不动的速度活着。你活的不是完整的自己。你常啜泣，走到哪里都会窒息。你隐藏自我。你在奔跑，又到处卡住。你害怕，你沉重。

你很痛，浑身都痛，做你这个人很痛，但你更害怕这其中的意义。

你坐在你的书桌前，任时间流逝，直到你能睡着、暂缓服刑。你已经清理完自己造成的狼藉，但心依旧纷乱。

你在读书，但读不进去；你在看照片，但看不进去；你在听音乐，但旋律单调、鼓点无力，歌词传进耳里，加入你思绪的奔流，就像潮水来来去去、来来去去，拖绳拉着你往这里、往那里，而你能做的只有保持静止。你想动但没办法动。想游泳但没办法游泳。

你走的这条路有害。你明白，但你还是走了，还是隐瞒了。这样比较容易。你不想问，为什么听到有人帮他叫救护车丹尼尔要摇头。你不想承认他也知道他已注定毁灭，承认他过着如此接近死亡的人生，无法过得充实，只能苟延残喘。当那一刻来临，他已准备安歇。你还没准备好面对这些事实，面对这些事实对你的意义。你害怕，你沉重，你还没准备好。

有人敲门，你弟没等你回应就进来。自你失去你的朋友，他每天都进来查看一次。你的窗帘拉上了，所以你无从分辨现在是什么时间，但在他进来时，阳光闪耀着。他让门开着，光不断涌入。你认得你墙上的影子：树叶在金色时刻迎风摇曳，轮廓柔和、姿态从容、令人着迷。

"呦。"他说。

"呦。"

"你跟她讲话了？"

"没。"

你弟在你床缘坐下。

"你要跟她讲话吗？"

这会儿你转头看他。

"我要讲什么？"

他耸耸肩。"看你要讲什么，什么都可以啊。告诉她你好不好，她会想听到你的消息的。"

"我知道。"你知道，但你还是隐瞒。

"老哥，"他说，"你好吗？"

你开口说话，你的身体开始颤抖、摇晃。你开口说话，但找不到话讲。你弟明白找不到话讲是什么情况，也看得出恐慌在你体内升起，看得出你开始喘不过气，看到了泪，所以他抱住你，紧紧抱住你，小心翼翼地抱住你。你让自己被抱着，就像你从前抱他那样。你允许自己在他怀里柔软，像个孩子。允许自己崩裂。

在你关掉手机一星期后，你走出家门，有什么又小又硬又充满决心的东西推了你的背，联结着骨头、组织与肌肉，害你往路上跟跄了几步。

"什么鬼？"

长手长脚迎面而来，你推开它们，拉开与手脚主人的距离，定睛一看。

她站在你面前，大声喘气。

"你在这里干什么？"你问。

"你有什么毛病？"

"啥？"

"为什么我想跟我男朋友讲话，却得从都柏林长途跋涉来这里见你？"

你找不到话讲。

"我一直发信息，一直打电话。我跟你的朋友打听，能问的都问了！你知道我有多担心吗？你好自私、好自私、好自私。你这样做完全没想到我们，你只想到你自己。这不是第一次了。从我回大学开始，你高兴走掉就走掉——"她做出被推开的动作。

"我对你没太多要求，只希望你坦诚。我希望你跟我交流。只要打开你的嘴巴跟我说话就好，你却把我关在外面，而且是真的把自己反锁起来，不让我进去。你可以想象那种感觉吗？可以吗？设身处地替我想一下，替我想一下。"她退后一步，要你看她原本站的地方，于是你面对着一块空白，"感觉怎么样啊？"

"不好。"

"当然不好啊！妈的！"

"喂——"

"喂什么喂。你给我听好，你真的太让人生气了，你知道我们交往冒了多大的风险吗？你知道我长久以来有多内疚吗？遇到你的时候，我还跟塞缪尔在一起；几个月后，我们成了最好的朋友；再几个月后，我们成了伴侣。你知道那段日子对我而言有多漫长吗？你知道在我的圈子，有多少人只凭着他们自己的想象就排挤我吗？但我在乎吗？我不在乎。因为当我遇见你，我就想，我爱这个男人。我们能一直说话，无话不谈。在你身边我只需要做自己就好，我以为我们有话都能诚实讲，我以为我们可以坦诚相待。"

躲在自己的黑暗里，比赤裸裸、毫无防备地露脸，在自己的光芒中闪烁来得容易。即便在这里，在她的视线里，你还在隐藏。她说的都对。和她在一起，你可以诚实；和她在一起，你可以做自己；和她在一起，你不必费心解释。但现在她却站在你面前，要你解释。你恨不得能找得到话讲，恨不得有勇气爬出你掉进去的坑，但此时此刻，你没有。你看着她看着你内心的挣扎。她的脸缓和了。她把手伸给你，而你后退了。你觉得自己那么沉重、那么害怕，甚是污秽，而你不想玷污她。她也后退了，你退缩的举动像有人推了她的胸口。被注视和被看见是两码子事。现在她看见你了，看见你对她表露的一切。她摇摇头，开始脱掉身上的帽衫。那是你的，至少曾经是。你送给她了。但现在那东西朝你的方向砸过来。她走掉了，你没有追上。你站在原地，愣住了，隐藏在视线里。

# 26

有人预约请你拍人像,于是你走在前往摄影棚的路上,因为你必须继续向前走。现在这是你的人生了,这是你自己选择的。所以你在前往摄影棚的路上,而这一天,天空什么都没泄露,卡在朦胧的秋与空洞的冬之间。你在听运动衫小霸王[1]的《悲伤》,因为那首歌很痛,但以欢乐的副歌收场。你试着感受什么,什么都好,但你麻木了。你和她共谱的音乐已戛然而止。你试着演出你俩合奏的那首歌,但两个人已经变成了一个。你和她永远都在即兴,但两个人已经变成了一个,没有她,你便无处迂回曲折。音乐已戛然而止。

如果心总是在上一次与下一次之间发痛,那心痛就是来自未知,来自灵薄[2],来自无垠。

有人预约请你拍人像,你人已经在摄影棚。你请你要拍

---

[1] 运动衫小霸王(Earl Sweatshirt,1994— )是美国说唱歌手、歌曲创作者和唱片制作人。《悲伤》原名"Grief"。
[2] 灵薄(Limbo),指地狱的边缘,但丁《神曲》将其定为地狱的第一圈,是未受洗者徘徊之处。

的那个人放轻松点。他的肩膀隆起,下巴紧绷,使眼睛跟着眯起。他不知道两只手该怎么摆,于是举起来抱住自己、往内交叉。放轻松,你说。他试着挤出微笑,但办不到。他试着自在一点,但办不到。你明白你是在凝视镜子。艺术家总会赋予人像某个主题,而在这里你要看看在你说不出内心感觉时,外表会是什么样子:那稍纵即逝。你告退,上洗手间。你独自伫立。你凝视着镜子,看出你不是懦夫,只是做了怯懦的事,你没有恶意,但你伤了她的心,你没有要为难谁,但感到羞愧。音乐停了。剩下的都是噪音。你哭了。羞愧又痛苦地哭了。你抱住自己,你让你修长的双臂环绕你的身体,允许你在自己的怀里柔软,像个孩子。

允许自己崩裂。

# 27

在这里，自由的另一边，一切都更加安静。你可以去别的地方。你走在那只狗旁边，走进一个有大门的社区，门在你身后晃回去，关上。温暖的夜晚，柔和的昏暗滑落你肩膀。稍早，当你蜷曲在沙发的角落，那只狗就曾推着你的肚子，爬到你身边。你把它抱紧，思绪在喧闹的内心里盘旋。但在这里更加安静了。这里没有别人，只有你和那只狗。你看着它在行人专用道上跳来跳去，写它自己的故事。你认为自由可能是一段叙事，自由可能在篱笆外。自由可能是邀请别人越过界线。你拍了狗蹦蹦跳跳的照片，想到把照片寄给她，但太迟了。你想到这份自由也许是暂时的，但你就在这里，在这个世界。

你穿你的帽衫出门，已经很长一段时间。冬天过去了，但这个星期大雪纷飞。每一天，你都会触摸你黑色帽衫的针织棉，摸到她的气味开始消散。你和她共度的人生，也以一样的方式脱线了，随着日子一天天过去，变得越来越松、越来越松。你站在一旁，看着你们的关系分崩离析。这样比较容易，比较简单，无需勇气。像那样爱一个人，明白这样的爱有多美、多健康、多疗愈，却转过身去，完全不必花力气。你一直想知道，无条件的爱在什么条件下会崩裂，而你相信，背叛或许是其中一种。

从她质问你的那一天起，六个月过去了。从她说她看得见你，也要你看看她的那一天起，六个月过去了。从你无法赤裸裸地表现脆弱，她决定走开而你并未追上，六个月过去了。今天，舒适起见，你决定穿上你的帽衫，说真话，你不想再隐瞒，就算那样会痛。

今天早上是长久以来你第一次踩着放克的脚步醒来。詹姆斯·布朗会很骄傲。你确定你们的胸膛里都有那种尖叫等着钻出来。你确定这些尖叫不必黯淡不必血淋淋，而是圆润的，生气勃勃的。

说到詹姆斯·布朗的尖叫，你想要来个即兴短句，聊聊很久以前，断裂、崩裂之前的一个星期五晚上。"雷和侄子"[1]亮了相。你要智能音箱播放花花公子卡蒂[2]的说唱歌曲。据说他唱歌含混不清，但你听到的不大一样。他也在节奏中找到了自己的位置，在808[3]和华丽旋律中狂奔，以简短的歌词和即兴缩短距离。就像那第一天晚上，两个陌生人靠

---

1 指 Wray & Nephew，牙买加的朗姆酒品牌。
2 花花公子卡蒂（Playboi Carti，1996—），美国说唱歌手。
3 指制造商 Roland 在一九八〇年推出的 Transistor Rhythm-808 模拟鼓机，深刻影响往后嘻哈、浩室、电音及 Trance（可翻作出神、传思或迷幻音乐）的发展。

旋律缩短距离，紧紧相拥。反正，卡蒂就是这样——比较少出自脑袋，比较多来自胸膛；比较少思想，比较多诚实，比较多意图。他们说他含混不清，但你听到的不大一样。那让你动了起来。

其实，你来这里是为了在黑暗中呢喃，就像之前你把灯关掉，在她的被子里扭曲，除了她熟悉的轮廓什么也看不见的时候。

你想跟她说说你的爸妈。你爸某个星期六下午伏在音响系统上，按来按去，直到收回留存在歌曲中的记忆。悦耳的轻吟，白昼的催眠曲。我们没有足够的词语来形容这种感觉，或许旋律可以？或许贝斯声、拍打声、重击声可以。心跳声可以。或许你爸妈正在他们自己的客厅律动，缓慢地轻吟。你妈问城里有没有地方可以玩慢即兴。看他们和谐地跳着两步舞，你答应帮他们找个地方。

你想问她记不记得，在你俩搭火车回家途中，播的是哪首歌。那天，你们已经在爵士乐手齐聚的地下室里跳了一晚的舞，舞者和表演者都在即兴，各有千秋。你们上火车后，一票乐手坐在邻座。你们开始滔滔不绝。有人说那晚堪称灵性体验。频率很对，能量在那里聚集，而后溢出。其中一人唱起歌来。打击乐手摇了沙铃，马上让你们在这节车厢动起来，单独动、一起动，即兴演出，抗议般跳舞，愉快地摆动。

你想问她，她记不记得这样的自由。

你想告诉她你看到的年轻人，搭地上铁时坐你对面的那位。鞋子是晴天的蓝，刺青缠绕二头肌。他喝着黑色罐子里的东西，你的则是玻璃瓶。你们头顶都挂着头戴式耳机。他吸引你注意，你们向对方点头，举起饮料，高兴地打招呼。那种眼神无需言语，完全不需要，那是诚实的交流。你想告诉她，那个刹那充满时间的完整，而在那个刹那，你好爱这个男人。像爱家人一样爱他。你无意在彼此心里留下烙印，只想再待一刻，只想要这一刻觉得安全。

你想告诉她，有些伤口永远不会愈合，你的伤痛并不可耻。你想告诉她，为了试着在这里开诚布公，你挖啊挖，挖到铲子碰到骨头还继续挖。你想告诉她这样很痛。你想告诉她你已不再试着遗忘那种感觉——那种怒、那种丑恶——已经接受那是你的一部分，和你的喜悦、你的美、你的光一样，都是你的一部分。多重事实确实存在，你不必是你创伤的总和。

你是来这里，来到人生的这一页，请求原谅。你是来这里告诉她，你很抱歉没有让她在开放水域托住你。你是来这里告诉她，你放任自己沉溺，是多么自私啊。

你是来这里说实话的。说你害怕，沉重。有时候太重了。你胸口的痛满满的、鼓鼓的、越胀越大，而虽然你恨不得它爆炸，但它没有。

赛蒂亚·哈特曼[1]描述了黑人从奴隶成为男人及女人的旅程，以及这个新身份如何成为一种自由的类型，就算只有自由之名；考虑到自由从过去运作至今的权力结构，被解放者再次成为附属是自然不过的事。把黑人的身体视为一种物种的身体，促使黑人特性被定义为可鄙、胁迫、卑贱、危险、依赖、不理性、会传染，发现自己受到你未要求的限制，偏偏那又抑制不了你的一切，你可能成为的一切，你可能想成为的一切。你就是那样被塑造成一个容器、一个器皿、一个身体，很久以前，早在你这一生之前，早在你这一生遇到的任何人出生前，你已经被看成一个身体，于是，此时此地，你就是一个身体，你已经被看成一个身体，而有时这很难熬，因为你知道你绝不只如此。有时这重量太过沉重。你胸口的痛满满的、鼓鼓的、越胀越大，而虽然你恨不得它爆炸，但它没有。你考虑接受治疗，解释说你觉得自己被看成一个身体、一个器皿、一个容器，说你很担心，因为你这么相信的日子，越来越频繁了。

你是来这里诉说，你怕你早在很久以前，就已注定毁灭。

你是来这里聊聊那只海鸥。她记得吗？没有血迹。仰躺在地，摊着双翼。头摆成奇怪的角度，部分身体被迫处于

---

[1] 赛蒂亚·哈特曼（Saidiya Hartman，1961— ），美国作家及非裔美国研究学者，现任教于哥伦比亚大学。

不可能安适的位置。每一次观察都会产生那些推测。是从天而降的，应该吧？勇敢的鸟原本栖息在阳台上，被推倒。但它不会飞走吗？现场为什么没有更凌乱，为什么这个生物可以如此庄严地安息？没有血迹。你推论，海鸥的脖子是被人的手扭断的，而你想知道是谁干的，怎么弄的，为什么要这么做。你反复推敲，无法更接近完整的事实。只能猜测。那个画面继续占据你们的人生，占据了好一阵子。你看着车子避开尸体，想象司机轻打方向盘，再修正路线，继续前行。

泰茹·科尔[1]描述了死亡是如何在平庸之中荒唐地降临。在《死于切换浏览器分页》一文，他谈到沃尔特·司各特[2]。这位沃尔特·司各特知道在他遭遇警官质询时心里会极度紧张，这种紧张一旦粉碎，就会使他毁灭。科尔谈到一个知道自己将死、泰然处之的人。他泰然处之，直到逃离、重获自由为止，因为自由其实是猎人与猎物之间的距离。科尔谈到受惊。跳入其他人的危机，其他人的恐惧。但他不知道吗？他当然知道。但如果是你不想知道的事情，你该怎么办呢？

你来这里是要聊聊你最早的一段记忆，那时，你还没切换过浏览器分页。先是一扇窗，打开的窗。寂静，映着春天柔和的光线。寂静，此时此地。你父亲停错位置，停到加油机的另一侧去了，但你们的燃料一滴不剩，所以你看着他拉着软管，绕过你们淡绿色的家庭车。你把头探出打开的窗户，

---

[1] 泰茹·科尔（Teju Cole，1975—），尼日利亚裔美籍作家、摄影师，并专研早期尼德兰艺术史。《死于切换浏览器分页》一文原名"Death in the Browser Tab"。
[2] 沃尔特·司各特（Walter Scott，1771—1832），苏格兰历史小说家及诗人。

对他微笑。他没看到。他的身体立正站着，陷入极度紧张；那种他知道一旦粉碎，就会使他毁灭的那种紧张。警官看到你父亲看着一个年轻人被讯问，而你父亲转过身去，在猎人和猎物之间置入想象的距离。你父亲冲向付费机，而你觉得他慌乱不安、抛弃他平常的魅力、眼里黯淡无光，像一粒尘埃。在此同时，那个年轻人被两名警员讯问。他很美，是个小孩，某人的小孩！别骗我，你听到一名警员这么对他说。当时你不知道这种事叫什么，只看到他肩膀耸起贴向耳朵，张大双眼，结结巴巴地表示自己无辜。你回头看着你母亲，请求解释或澄清，因为这件事显然没什么道理。你想知道是怎么回事，那人是谁，为什么会发生这种事。回头看窗外，一道闪光迅如阴影。那个年轻人的发脱离了他的发箍。他试着飞走，飞向他知道在猎人和猎物之间唯一可能找到的自由。轻轻一推，他便四肢摊开，仰躺在地。头歪成奇怪的角度，部分身体被迫处于不可能安适的位置。手臂也在背后扭曲，任黑色警棍如雨点连连落下，给漂亮的肌肤画上新鲜的伤口。没有血迹。死亡不见得是肉体的。

你是来这里诉说，两年前，当你的不适化成一种新的痛楚，并没有血迹。那时你正一手扶着光滑的栏杆，走下一段大理石阶梯，突然背后隐隐像被闪电击中。等到你人在阶梯底下，已经四脚朝天，像一本书凹折。他们扶你坐起来，问你哪里痛。你一开始分辨不出来，但慢慢发现你只要吸气、吐气，就会发生困难。左边。现在那里成了紧急情况，没有血迹，但你想到细胞凋亡：一种身体主动设计细胞、往最终死亡变形变异的自毁过程。身体会杀掉自己，慢慢地。没有血迹。当时并没有血迹。

急救护理员没几分钟就到了，好像一直在等紧急情况似的。他问，你知道你发生什么事了吗？没有诊断出什么症状。没有。他量了你的血压，评论你慢吞吞的心跳。

运动员？

以前是，你说。以前常打篮球。

这样啊，他说。在他说出口和没说出口之间的缺口，你想到细胞死亡，想到身体如何由内而外杀死自己，伤害会如何以各种面貌展现。

我们做个心电图吧，以防万一。

你看着机器以规则的节律谱写你的故事，锯齿状的回路接连不断。护理员指着其中一个短短的尖凸，说你心律不齐。他说很难判定这是你与生俱来，或去年才罹患，或当天才出现的病。你不必担心，别人也不需要为你担心，何况疼痛已经和缓，所以可能不要紧。他建议服用止痛药，好好休息，放轻松。

这件事拖延了、休眠了。当它再次出现，你人在大英图书馆，听读书团体说话。稍晚，晚餐时，你拿着一杯温热的饮料，颤抖着、微笑着，熬过了不适。一直要等你回到家、瘫在沙发上，你才又想起细胞死亡，想起痛可能如何改变这个过程。

那一年，你一直在痛。你迷失自己。你失去外婆。他们杀了拉尚和埃德森，由外而内。仿佛回音似的，他们也把你按在墙上，而你的手在墙壁刮啊刮，试着找东西抓。你呼吸急促，就算他们的手指没有缠住你的脖子。一切从根开始崩解。不规则的节律。也许没事。还没事。放轻松。

你遵照指示，把灯关掉。你打开一卷底片，开始在黑暗中哭泣。

你在黑暗中哭泣。死不见得是肉体的，哭泣也不见得是宣泄痛苦。你已经说很多了，但你要来诉说一个秋天傍晚的寂静，树木在薄暮的幽暗中向你伸来。你张臂搂着她，叫她不要看着你，因为当你们目光交会，你会忍不住从实招来。但记得鲍德温说的吗？我只想当个诚实的男人，和一个好作家。嗯。诚实的男人。此时此刻，你很诚实。

你是来这里谈谈，爱你最好的朋友具有何种意义。直接的凝视。诚实的男人。你在搜寻话语，但话语派不上用场。试问：如果 flexing 能以最少的言语表达最多事情，有比爱更好的 flexing 吗？凝视无需言语，那是诚实的交流。

你是来这里问，在你告诉她这个故事的时候，她是否愿意看着你。

# 28

这不是夸大其词。你要死了,你们这些年轻男孩要死了。你们会先杀死你们的母亲。这样的哀伤令她们疲倦,这样的成果令她们疲倦。这样的日子危机四伏。想象你离开家,却不知能否毫发无伤地回来。你不需要想象。你过着朝不保夕的日子。你很冷静,真的冷静,故作冷静;保持冷静,真的冷静,直到——向着黑暗叹息。日常的沉重压力让胸口紧绷。你已经被撕破,被卷起,就像他们撕走你的书页,当成废纸揉得皱巴巴一样。你就是这样死去。年轻男孩就是这样死去的。你的母亲,你的伴侣,你的姊妹,你的女儿,也是这样死去。这样的哀伤令她们疲倦,这样的成果令她们疲倦,这样的日子朝不保夕,可能随时轻松结束你的生命。你知道你的完整性可能随时被撕裂,所以你干脆活得支离破碎。你活得破碎,你活得渺小,免得有人让你更渺小,免得有人把你打破。你是黑色的身体,黑色的容器,黑色的器皿,黑色的财产。你被这样对待是因为财产容易破坏,容易掠夺。你不需要想象你已经在过的人生。向着黑暗叹息、说你真的很冷静,是朝不保夕的事,因为既然你马上就要死,诗也就完结。你已经被撕破,被卷起,而你怕一阵微风就会让你飘走，永远不被看见。年轻男孩就是这样死去。你的母亲，你的伴侣，你的姊妹，你的女儿，也是这样死去。这样的哀伤令你疲倦，这样的成果令你疲倦。

你想再见到四个黑人男孩坐在宝马里的那一刻。在等红绿灯时，他们脱去兜帽，Sweet Mary 的香气扑鼻。他们有节奏地点着头，像浮筒上下摆动。那是喜悦，在你胸膛活蹦乱跳。那是这些年轻人可以驾驭的，任街灯将黄色光束洒在他们的脸庞，眼里的光最灿烂；无人居住的人生，就算只是暂时，也是他们的人生，就在这个空间里，一辆行进的汽车中，808 踢着车身，孩子般哄笑，开着只有他们懂的玩笑。当大笑接近尾声，逐渐消散在夜空，当他们的轮胎发出尖叫，引擎加速旋转，喜悦蜕变，回到平常的样貌。喜悦未必令人愉快，所以若它能偷偷与日常的恐惧并行，像这个例子一样以翻滚的喧闹打动你，你就赚到了。

这种怀旧是种病态的甜美，而且会痛。你想到春天、阳光，云澄澈透明，天空的颜色和宝宝见到母亲时的欢闹一样可爱。你向母亲道别时会紧抱着她。听她因长年工作而紧绷的胸口哧哧喘息。在那年，一九九三年下雪后，一切都回不去了。举步维艰地穿越白色灰烬去上架货品。就算她最好的朋友出言抗议，也无法阻止经理恶劣地报复她拒绝他的示爱。他命令她在冷库里工作，直到牙齿咯咯作响，手指触摸因孕育生命而圆滚滚、沉甸甸的肚子，却毫无感觉。你亏欠你母亲太多了，有朝一日，你会诉说那个故事。但现在，你想到春天、阳光，云澄澈透明。你紧抱你的母亲：柔和的麝香、轻轻的喘息、平静的生命。当你穿过前门，花朵如雨点洒下，像一袋彩光爆炸开来。在头顶。他们正在帮树木剃光头，让树木猥亵地暴露在春天、阳光的背幕之前。你向那个老妇人挥挥手，她每天早上都会坐在家里遮蔽良好的窗子前，每天早上向你挥手回礼。她对你竖起大拇指。你怀疑她是不是在等什么。总之，你一如往常选了 J. 迪拉的《甜甜圈》[1]来听——所以让我们打断你步行到车站的路程吧：

一个年轻男子，生着闷气。他站在他的车子旁——是他的车，瞧他的模样，这是他工作的目的——思考他有哪些选项。年轻男子伸手往下抓，这时你才看到交通锥卡在车轮和底盘之间，紧紧夹住。交通锥摆在路边，像无生命的哨兵，保护刚被剥光的树——或者反过来才对，保护行人和车辆不会被落下来的树枝砸到。车子不知道怎么撞的，总之他正使劲拉出那块塑胶。你走向他，看着他握紧拳头摇晃橘色的锥子，但锥子丝毫不为所动。

"我不明白怎么会这样。"他说。你不记得他点了烟，但那正在他的指间燃烧。他吸了口气，让脸颊胀得鼓鼓的，把火掐灭。他往下抓。你看得出来他已经放弃，因为他其实别无选择。交通锥不会让步。

"你是要去上班吗？"

"面试。"他说。

"坐火车？"

---

[1]《甜甜圈》（"Donuts"）是 J. 迪拉去世前三天发行的专辑。

"那样会迟到。"他看了看手表,"已经要迟到了,妈的。"他叹了口气,厌倦的叹息。这你认得出来,你太清楚了。

"我帮你叫个 Uber 吧。"你说,拿出你的手机。

"什么?不用——"

"我罩你。"

"不能这样,不用麻烦啦,我会想办法的。"

"你方便的时候再还就好。"

你和他下一次见到面是在你走回家的路上,他要去别的地方。当你的视线接触到他,他的脸洋溢着喜悦。

"老哥,好不好啊?"

"还不赖,还不赖,你呢?"

"不错啊。正要回家。"他吸了一口他的烟卷,手肘推了你一下,亲切的提议。你从他掌心接过那微小的火,吸啊,吸啊,每轻吸一口,你的眼睛就泛红一次。瞳孔张大、变黑。他脸上裂出疲倦的笑容,头戴式耳机的声音溢入夜空。

"你在听什么?"

"迪利·瑞斯可[1]。"

"经典。"

"很有开创性。没有迪利,就没有我。"

你对自己笑了笑,有种感觉骚扰着你,你无法置之不理。

"我可以帮你拍照吗?"

---

[1] 迪利·瑞斯可(Dizzee Rascal, 1984—),英国籍加纳及尼日利亚裔黑人说唱歌手。

他看起来很惊讶。被注视是一回事,被看见是另一回事。你是在请求看见他。他点点头。你从袋里拿出相机,把镜头对准他。他眼里发着光,偷走了天空里仅存的光。亲切的脸上,淡淡的笑。你按了快门,他的脸在相机喘息的瞬间豁然开朗。两个人的诚实交流,凝视无需言语。

继续前行,你想起第一次听到那张专辑的情景。是在往伯恩茅斯[1]的长途巴士上。武术是一种在追寻自由的人身上注入纪律的方式。那天你在锦标赛中落败,但依然觉得勇敢无惧。

听到那强烈的鼓点时,你好讶异。蹦、蹦-恰,蹦-蹦、恰。从别的地方撕下,亲手缝入未完成的衣裳。把鼓点当成帽子戴,在你的头上轻轻柔柔,让你的脖子随着每一个恰、蹦、蹦-恰,蹦-蹦、恰来回摇晃。是伦-敦的呼唤啊!忠于他的语法,忠于你的语法;突兀,又熟悉到不行。就像听到朋友的哥哥诉说你知道真的很荒唐的事。那声音熟悉得不得了;家人的朋友,或许是堂表兄弟——不是血亲,但也不亚于血亲。整顿好,手脚利落点,那个声音说。听完那一轨恐怕得关掉——成年人和爸妈会抗议——但听取禁忌事实的冲动,渴望明白本身事实的冲动,不会平息。

理查德,那卷卡带的主人,很冷静。他从未正眼注视过你,但你知道他看得见你。他的脖子挂着一对沉甸甸的金牌。稍早,你看着他以脚掌为轴施展回旋踢,狠狠击中对手的胸

---

[1] 伯恩茅斯(Bournemouth),英格兰西南部多塞特郡的沿海市镇。

口。对手受到惊吓，频频望向教练，不知这场猛攻何时才会停止。理查德把第一位竞争者扫出赛场后，便站在那儿迎向下一位，比他年长四岁。理查德举起双臂，一派轻松，发动一连串精准的攻击，同样轻松地击溃对手。你在他附近徘徊，终于，他穿过随行人员走向你。

"小朋友，有事吗？"

"你可以拷一卷那个给我吗？"你问，那个年轻人比你高出一大截，"那卷卡带？"

"你还没听过？"

看到你摇头，他很惊讶，然后把卡匣里的卡带拿给你：盒脊上印着迪利·瑞斯可的《角落的男孩》[1]。

---

[1] 《角落的男孩》（"Boy in Da Corner"），迪利·瑞斯可二〇〇三年发行的专辑。

# 29

让我们回到一段更早的记忆,二〇〇一年。在不是你家的客厅,在一张被脚步和膝盖磨损的地毯上。你已经和朋友跑来跑去一整天,可是仍在延长这些无忧无虑的时刻,仿佛那是你们最后一次无忧无虑。

有人在转电视频道,最后停在 MTV Base 台。大伙儿咯咯大笑,问题来了:"你们在笑什么?"两个孩子在荒原玩耍。突然一道闪光,其中一个蜕变为成人,戴了顶长礼帽和一副圆框的深色眼镜。都是黑人。他们都是黑人。

第二个说唱歌手头上绑了杜拉格头巾[1],嘴角挂着柔和的笑,唱 rap 唱了好一会儿。几年后,你会在一家超市停车场见到他,虽然孩子趴在肩上,仍努力挤出那抹孩子气的笑。

现在快进,二〇一六年夏天。你在摇滚区迷失。五双手——你能感觉每一根手指紧抓你肌肤的触感——把你拉

---

[1] 指 durag,是从前黑人奴隶为固定发型而使用的布,已演变成黑人文化的一部分。

起来。史凯普达[1]穿着短裤跑出来,浓黑的阴影和存在感瞬间笼罩舞台。那年夏天你一直在思考活力与频率,以及怎样叫感觉对了。当DJ第三次号召群众上台,而那五个黑人身体无拘无束地在舞台蹦蹦跳跳,你想,这感觉对了,感觉对了。

同一个夏天,你人在西班牙,在晴天可以远眺摩洛哥海岸的海滩,弗兰克·奥申[2]的专辑《金发女郎》从天而降。这不是演习。你一直在等某个你不知道自己需要的东西。当它降临,你拿着一对耳机、一把折叠海滩椅,踉踉跄跄走下沙滩,看潮起潮落。你不记得曾感受过这样的宁静,或许,此时此刻,卡在前瞻与回顾之间,你明白自己正再次寻觅这样的宁静。

太阳在世界这个部分升起得晚,而你看着星星被一片淡蓝取代,一个火热的白色小圆点慢慢爬上天空。你没有带泳衣来,所以当你听完那张专辑,便脱掉衣服、冲进海水。没入水中,你能听到的只有急促,只有呼啸。海水的盐和你的泪混在一起。

再次快进。六个月前,消瘦的人影,因穿了多件衣服而膨胀。头低着。蜡烛都熄灭了,但黑暗照亮他的身影。那时

---

[1] 史凯普达(Skepta, 1982—),本名 Joseph Junior Adenuga,英国说唱歌手、作曲家和唱片制作人。
[2] 弗兰克·奥申(Frank Ocean, 1987—),本名 Christopher Breaux,美国创作歌手。《金发女郎》("Blonde")是他二〇一六年发行的专辑。

是凌晨，他一动不动，随着静默的声音跳舞。追悼式刚过，你不知道那个消瘦的人影是否也在哭泣，就像你把钥匙滑进门里、崩溃、脑海挥不去那个画面的那一刻——一辆自行车侧躺着，轮子还在来回转，等骑士回来。你不知道他是否也在哀悼丹尼尔，哀悼那个永远不会回来的好人。那个与你在路上分享一卷烟，聊迪利·瑞斯可、尘垢[1]和节奏聊到深夜的男人。有那么一刻，你爱他宛如至亲的男人。

那天下午：穿着黑白制服的人决定露脸。警察局就在这条路上，但你绝对不会在那里看到他们。除非发生什么事。他们从这家店到那家店，卖酒的、干洗的、卖炸鱼薯条的、外卖食物的。他们在街上拦人问话。当他们走近你，他们盯着你，但不发一语。

加勒比外卖店没有馅饼了，所以你继续走，走到下一家。

"亲爱的，最近好吗？"柜台后面的女人问。你笑了笑，欣慰此时此刻，这句简单如熟悉词形变化的问话，像把你抱在怀里摇啊摇。

离开时，你听到蹦-蹦、恰，蹦-蹦、恰，回荡耳际。你不知道杰迪拉是给小鼓加了残响，或是干干净净、完完全全照样本来。


你对活力与频率的兴致不减，而你一直想创作音乐，一直想知道你是否也有可能感觉对了。你的朋友，一名鼓手，

---

[1] 指"grime"，二十一世纪初在东伦敦出现的音乐类型，从早期的英国电子音乐风格发展起来，也受到牙买加雷鬼和嘻哈的影响。

邀请你去海岸，而你在海边的一间录音室录了音乐试听带。第一录出了错，但第二次你翩然起舞，肩膀放松，将词语打入六十四小节。节奏是你自己创作的，所以你知道哪里有停顿，哪里要拖拍，那里要连踏，你也不意外自己如此重视无声的留白。

你凝望着自己映在电话亭玻璃上的倒影，一派轻松，从容不迫，玩 rap 玩了好一会儿。你怀疑这是否就是自由的模样。

你一直在思忖自己和开放水域的关系。你对创伤感到疑惑，想知道它是如何设法浮出水面、在海洋里漂流。你一直在思忖该如何保护创伤不被耗损。你一直在想着离开，想去别的地方。

你一直在想，如果在开放水域张开嘴，你会溺死，但如果不张开嘴，就会窒息。所以此时此刻，你在沉溺。

你是来这里请求原谅。你是来这里告诉她，你很抱歉没有让她在开放水域托住你。你是来这里对她说实话。

# 30

她说:

她听了一夜的雨。她常在这种时候祈祷,试着表明她在她现实里的欲望。在床边跪着,不仰望天,而是凝视地板,凝视深处,想知道在她的表面底下有什么。她的声音在思绪静默的噪音中越来越大。她一直在想你,在想你们给彼此的一切。你们的心曾连在一起,整齐划一地跳动,但后来断裂了,血在黑暗中积聚、溢出,然后崩裂,真的崩裂。她仍时常想到你。你们的人生和彼此脱了线,但松脱的线仍留在衣服被扯破的地方。

无条件的爱在什么条件下会崩裂?昨天她为你哭泣。她决定屈服于眼泪,不要了解眼泪。你们分开到今天刚好一年,但她知道她会一辈子为你哭泣。

令她心神不宁的是那段被看见的记忆。你还记得吗?在理发店里。她掌控全局。她记得她的存在改变了房里的动能;一位女性出现在这个阳刚的空间,意味着每一个人不是要拿出最好的举止,就是得演出来。不过,当她提到这一刻,静谧降临。你凝视镜子里的她,她随之望着镜子里的你。理发师关掉推子的电源,跟你和她说话,试着形容他看到在你们之间传递的东西，试着让你们知道，他看见你们了。他兴奋地喋喋不休，引众人发笑，频频点头。还需要多说什么呢？

语言有负于我们，向来如此。你跟她说过，言语是靠不住的，所以你选择把这些写出来，是很好笑的事。但她很感谢你能对她这么坦诚。最近，她一直在想有没有其他方式能诉说无法用言语表达的事，她买了一台相机，和你的很像，老式的三十五毫米。她一直很想拍照；她在展览看到的一张照片促使她做出决定：罗伊·德卡拉瓦[1]的《跳舞的伴侣1956》。女人穿白洋装，男人穿黑西装。两人的身影自黑暗中显现，光打在手脚上。他们身体贴得很紧，韵律在静止中被捕捉。她在那张照片里，在女人脸颊闪耀的光泽中，在男人勾住女人后背的臂弯里，看到你和她；在光与影共存之处呈现的爱与信任中，看到你和她。现在她终于了解，你说相机在你手上感觉比实际来得沉重是什么意思。看见人不是简单的工作。

她想回到一段当下的记忆：你们两个都坐在公园的小丘上。时隔一年，你的脸没什么变化。金色时刻来了又去，现在是蓝色时刻了，用代表无限可能的柔和色泽把你们包围起来。她开始发抖，你脱下夹克，披在她的肩膀。你俩都沉浸在彼此沉默的安适中。还需要多说什么呢？她看了你一眼，从袋里拿出她的相机。你以摄影师的身份开玩笑说，你一直把时间花在追逐光上面，但你也该说，你也在努力使黑暗屈

---

[1] 罗伊·德卡拉瓦（Roy DeCarava，1919—2009）是美国艺术家，其早期摄影作品呈现了社区非裔美国人和爵士音乐家的生活。《跳舞的伴侣1956》原名"Couple Dancing, 1956"。

服。她把镜头对准你，憋气，按下快门。冲洗这张照片时，她敢说，如果你仔细看，你会看出投映在你肌肤上的阴影，看到你的眼睛既看见她，也看见这个世界，看到诚实平静地在你的脸上歇息。如果你仔细看，你可能会看见一滴泪正从眼角滑落，因为你为她哭了。如果你仔细看，你会看见她过去看见、现在看见、未来也会看见的：你。

# 谢 词

给塞伦·亚当斯：我会永远记得我们第一次碰面，那也是《开放水域》的开始。谢谢你从头到尾，在编务及其他各方面的支持。你是作者梦寐以求的经纪人，也是最好的朋友。

给我的编辑：伊莎贝尔·沃尔和凯蒂·拉伊西安，谢谢你们花了那么多时间和心力，为这本小说注入了这么深的感情。不胜感激。

给维京出版团队，谢谢你们如此努力让一切成真。

给我的智囊团：贝琳达·扎维、坎迪丝·卡蒂-威廉斯、雷蒙·安特罗伯斯、约米·索德、苏米亚·耶马、维多利亚·阿杜奎·布利、卡里姆·帕金斯-布朗、阿米娜·贾玛、乔安娜·格伦——你们的建议和鼓励真的助我突破极限。谢谢你们。

感谢亲友团：克丽丝·奥塞、德博拉·班科尔、罗布·埃登、斯图尔特·鲁埃尔、尼亚姆·菲茨莫里斯、贾斯汀·玛萝莎、卡里奇·库马洛、萨姆·阿金武米、托马斯·麦格雷戈、夏洛特·斯科尔腾、尼克·阿贾格贝、亚历克斯·莱恩、艾夫·摩根、阿奇·福斯特、露易丝·杰西、蔡斯·爱德华兹、MK·亚历克西丝、戴夫·亚历克西斯、尼科斯·斯潘塞、劳·奥拉尼伊、娜塔莎·蕾切尔·西杜、斯蒂芬·戴维斯、莱克斯·盖拉斯、克丽西娅·博尔达、玛丽亚姆·莫阿林、莫妮卡·阿雷瓦洛、卢安妮·瓦斯、查理·格伦、迪德里克·伊普玛、克里斯汀·阿蒂、佐薇·海曼、卡拉·贝克。

给苏,谢谢你永远让我觉得被接纳、觉得被爱。

给贾谢尔和朱马尔,谢谢你们永远相信我,并在我的信念动摇时拉我一把。

给妈和爸:我知道为了让我成为现在的我,你们牺牲了多少。我爱你们,好爱,好爱。

给奶奶:我知道你还在对我笑,为我歌唱。

Es,我找不到话讲,但我不会放弃尝试。

图书在版编目（CIP）数据

开放水域 /（英）凯莱布·阿祖马·纳尔逊著；洪世民译 . -- 北京：北京联合出版公司，2025.3.
ISBN 978-7-5596-8161-4

Ⅰ．I561.45

中国国家版本馆 CIP 数据核字第 2024H6X305 号

北京市版权局著作权合同登记 图字：01-2025-0231 号

## 开放水域

作　者：[英] 凯莱布·阿祖马·纳尔逊
译　者：洪世民
出 品 人：赵红仕
策划机构：雅众文化
策 划 人：方雨辰
特约编辑：赵行健　胡　琳
责任编辑：龚　将
装帧设计：方　为

北京联合出版公司出版
（北京市西城区德外大街83号楼9层　100088）
北京联合天畅文化传播公司发行
北京市十月印刷有限公司印刷　新华书店经销
字数115千字　1092毫米×787毫米　1/32　5.5印张
2025年3月第1版　2025年3月第1次印刷
ISBN 978-7-5596-8161-4
定价：58.00元

**版权所有，侵权必究**
未经书面许可，不得以任何方式转载、复制、翻印本书部分或全部内容。
本书若有质量问题，请与本公司图书销售中心联系调换。电话：（010）64258472-800

Copyright © 2021 by Caleb Azumah Nelson
本书中文译文由大块文化出版股份有限公司(台湾)授权使用